Ritt ins

Schattental

Über die Autorin:

Christina Monika Straßberger, geb. 1993, ist verheiratet und lebt mit ihrer Familie in der Nähe von Rosenheim.

Schon als Kind war sie eine begeisterte Reiterin und viele Jahre selbst Pferdebesitzerin. Sehr früh begann sie, Geschichten über ihre Lieblingstiere zu schreiben und träumte davon, ein Buch zu veröffentlichen.

Auf einer Ranch in Idaho vertiefte sie ihre Kenntnisse im Westernreiten und bekam die Idee für diese Geschichte.

Instagram: nina_unwritten
Lovelybooks: Christina Straßberger

Ritt ins

Schattental

Christina Straßberger

„Wenn du dich auf ein Abenteuer und den Charakter eines Pferdes einlässt, werden diese Eindrücke ein Teil von dir. So kann ein einziger Ritt zu einer Reise werden."

Bibliografische Information der Deutschen Nationalbibliothek: Die Deutsche Nationalbibliothek verzeichnet diese Publikation in der Deutschen Nationalbibliografie; detaillierte bibliografische Daten sind im Internet über http://dnb.dnb.de abrufbar.

Korrektorat: Susann Pacher
Cover: Sarah Baumgartner | beeindruckt – Die Grafikwerkstatt

Verlag: BoD · Books on Demand GmbH, In de Tarpen 42, 22848 Norderstedt, bod@bod.de
Druck: Libri Plureos GmbH, Friedensallee 273, 22763 Hamburg

ISBN: 978-3-7693-5227-6

Wyoming, 1896

John Roberts sah sich zufrieden um. Die gesamte Beute des letzten Raubzuges war gut versteckt. Genau dort, wo sein älterer Bruder Warren sie haben wollte. Es kam nicht oft vor, dass John ohne ihn im Schattental war, doch heute hatte es sich so ergeben. Dunkle Wolken zogen über den Himmel, im nächsten Moment begann es zu regnen. John ging zu seinem Pferd, einem schönen Blauschimmel. Er löste seinen schwarzen Wollmantel vom Sattel und zog ihn an. Dann saß er auf und machte sich auf den Heimweg. In wenigen Stunden würde er seine Verlobte Joanne in die Arme schließen. Warren hatte vor einiger Zeit ein Auge auf die schön Joanne geworfen, was zu Differenzen zwischen den Brüdern führte. Da Warren aber bereits verheiratet war, hatte John um ihre Hand angehalten.

Der junge Mann war noch nicht weit gekommen, als sich Reiter näherten. Das kam in diesem abgelegenen Tal nicht oft vor, deshalb war es so ein ideales Versteck für Diebesgut. John lenkte sein Pferd in eine Felsspalte, doch es war bereits zu spät. Man hatte ihn entdeckt und als er bemerkte, dass die Gruppe von Warren angeführt wurde, wusste er, dass alles aus war. Sein Bruder hatte ihn an die Kopfgeldjäger verraten. Warren hatte ihn zu diesem letzten Raub überredet, obwohl John eigentlich aufhören wollte. Hatte er ihn nur dazu gebracht, allein hierher zu reiten, um ihn auf grausame Weise ausliefern zu können?

So würde er eine Belohnung und die Beute einkassieren. Und wollte er Joanne doch noch für sich gewinnen und ihn dafür aus dem Weg haben? Unbändige Wut und Hilflosigkeit stiegen in John hoch. „Ihr sollt alle verflucht sein! Besonders du, Warren Roberts, und alle, die auf dem Weg ins Schattental sind!"

1. Sommerpläne

„Das kann doch nicht dein Ernst sein, Hanna! Wir haben alles genau geplant!"

Es war der letzte Montagmorgen vor den Sommerferien. Noch bevor es zur ersten Stunde geläutet hatte, befand ich mich bereits in einem Streit mit meinem Freund Jakob. Um uns herum hatte sich die halbe Schülerschaft der Fachoberschule Rosenheim versammelt und wir erregten deutlich mehr Aufsehen, als mir lieb war.

Hilflos zuckte ich die Schultern. „Es tut mir leid und ich verstehe, dass du sauer bist, aber ich muss nach Amerika reisen."

Jakob war zu Recht wütend auf mich. Soeben hatte ich verkündet, dass ich nächste Woche nicht mit ihm und drei weiteren Pärchen in unseren lang ersehnten Kroatienurlaub fahren konnte. Stattdessen würde ich allein auf eine Pferderanch nach Wyoming fliegen.

„Warum musst ausgerechnet du dorthin?"

Ich seufzte. „Weil Onkel Caleb sich ein Bein gebrochen hat und Tante Josefine kurz vor der Entbindung steht. Sie brauchen dringend jemanden, der ihnen bei den Pferden und mit den Feriengästen hilft."

„Kann das nicht irgendein Cowboy machen?"

Das hatte ich mich auch gefragt, doch so schnell konnten sie wohl niemand Geeigneten auftreiben.

„Nein."

„Bezahlen Leute echt Geld dafür, dass sie eine Pferdeherde über mehrere Tage vor sich herjagen dürfen?"

Mein Freund, der mit Pferden überhaupt nichts am Hut hatte, wusste zwar, womit meine Verwandten in Amerika ihr Geld verdienten, Verständnis dafür hatte er jedoch nicht.

„Die Pferde werden dabei nicht gejagt. Aber ja, es gilt als ultimatives Wild-West-Erlebnis, Rinder, oder in diesem Fall eben Pferde, zu treiben."

Jakob funkelte mich aus seinen hellblauen Augen an wie ein Husky. „Dann ist das dein letztes Wort?"

„Ja, ich fliege."

„Schön." Er blickte sich um und schien kurz zu überlegen. Ganz in seiner Nähe stand Selina, die ihn schon lange anhimmelte. Und das wusste er genau. „He Selina, hast du schon Pläne für den Sommer? In unserem Ferienhaus ist gerade ein Platz frei geworden."

Fassungslos starrte ich ihn an. Genauso gut hätte er ihr sein Bett anbieten können. Mich auf diese Weise vor der halben Schule zu demütigen, hätte ich ihm nie zugetraut. Jakob war sehr beliebt, und als wir vor einem Jahr zusammengekommen waren, hatte ich erst nicht begriffen, warum er sich ausgerechnet in mich verliebte. Ich war definitiv nicht besonders cool, keine Außenseiterin, aber einfach unauffällig. Tränen stiegen mir in die Augen und ich blinzelte ärgerlich.

Der Gong ertönte und die Schülertraube um uns löste sich widerstrebend auf. Selina lächelte kokett und versicherte, dass sie wahnsinnig gern mitkommen würde. Ich entfernte mich rasch, denn das wollte ich mir nicht weiter ansehen.

„Das kann er doch nicht machen!" Meine beste Freundin Mila hatte alles mitangehört und hakte sich nun bei mir unter.

Kopfschüttelnd betrat ich das Klassenzimmer. „Ich verstehe ja, dass er sauer ist. Trotzdem hätte er auf keinen Fall vor mir und allen anderen Selina fragen dürfen."

Mila nickte zustimmend. „Ich finde es übrigens auch schade, dass du nicht dabei bist. Aber ein Notfall bei deinen Verwandten geht natürlich vor."

Kurz dachte ich über meine Familie nach. Tante Josefine war deutlich jünger als mein Vater. Die beiden waren auf unserem Bauernhof in Oberbayern aufgewachsen. Papa hatte den heimatlichen Hof übernommen, seine kleine Schwester verliebte sich vor einigen Jahren in den Amerikaner Caleb Thanner. So war aus der bayerischen Josefine Fischer eine amerikanisch klingende Josie Thanner geworden. Gemeinsam leitete das Ehepaar nun die Red Elm Ranch von Calebs Familie. Inzwischen hatten sie einen Sohn namens Max und ein weiteres Baby war unterwegs. Josefine hatte ich das letzte Mal vor ihrer Hochzeit getroffen, Caleb und Max hatte ich noch nie zu Gesicht bekommen.

Auch wir boten in Oberbayern Ferienunterkünfte und Ausritte an, aber im kleineren Stil. Auf unserem Hof gab es neben zahlreichen Milchkühen einige Pferde. Häufig führte ich die Gäste auf mehrstündigen Ritten. Gelegentlich auch auf Tagesritten, gemeinsam mit meiner Mutter. Ich liebte das Westernreiten und besaß eine Appaloosa Stute namens Trixie. Da ich Erfahrung im Umgang mit Touristen und Pferden vorweisen konnte, erschien ich Josie wie die Lösung für ihr Problem. Darüber hinaus war mein Englisch ganz passabel und die Sommerferien standen praktischerweise vor der Tür. Außerdem half man sich bei uns innerhalb der Familie, wann immer es möglich war. Als sie mich also gestern angerufen hatte, sagte ich sofort zu. Die Erlaubnis meiner Eltern hatte ich noch während des Telefongesprächs erhalten. Sie mochten Jakob nicht besonders und schienen alles besser zu finden, als dass ich meine Ferien mit ihm verbrachte.

„Auf jeden Fall kann ich Selina und Jakob im Auge behalten", bot Mila an und riss mich damit aus meinen Gedanken.

Ich schüttelte den Kopf und lächelte matt. „Danke, aber das musst du nicht. Mach dir eine schöne Zeit mit deinem Freund und ignoriere die beiden."

Milas Beziehung mit einem Kumpel von Jakob ging noch nicht lange. Wir hätten gemeinsam einen tollen Sommer in einem gemieteten Ferienhaus an der Küste Kroatiens verbringen können. Ein Teil von mir war enttäuscht, dass nichts aus endlosen Tagen am Strand, lustigen Partys und romantischen Nächten mit Jakob wurde. Doch andererseits freute ich mich darauf, die Ranch meiner Tante zu sehen, die ich bisher nur von Fotos kannte.

Nach Schulschluss machte ich mich im Sattel von Trixie auf den Weg zu einem kleinen See. Oft zeigte ich den Reitgästen diese Strecke, aber heute genoss ich es, nur für mich zu sein. In Gedanken war ich immer noch bei der Auseinandersetzung mit Jakob und der unangenehmen Situation in der Schule.

Vor mir lag ein menschenleerer, schattiger Waldweg. Aus dem Schritt heraus ließ ich meine Stute angaloppieren und genoss das berauschende Gefühl des kräftigen Pferdekörpers unter mir. Wie üblich schaffte ein schneller Galopp es, düstere Gedanken aus meinem Kopf zu vertreiben. Auf dem Rückweg aber, als ich Trixie abkühlen ließ, dachte ich schon wieder an die Sache mit meinem Freund. Wenn ich den Streit aus der Welt schaffen wollte, musste ich unbedingt mit ihm reden. Trixie schlug unwillig mit dem Kopf, um lästige Fliegen zu verjagen. Ich seufzte, brach einen Zweig ab und wedelte damit, um die Blutsauger von meinem Pferd fernzuhalten. So schön der Sommer war, er hatte auch unangenehme Seiten. Stechende Insekten und Hitze gehörten für mich auf jeden Fall dazu.

Das Gespräch mit Jakob ergab sich früher als erwartet. Als ich Trixie für die Nacht versorgt hatte und den Stall verließ, stand er an seinen schwarzen VW Golf gelehnt da. Jakob war ein Jahr älter als ich, also achtzehn, und das Auto war sein ganzer Stolz. Er trug ein helles T-Shirt und seine blonden Haare wurden vom Abendwind zerzaust. In diesem Moment erinnerte ich mich genau daran, warum ich mich letzten Sommer in ihn verliebt hatte.

„Hanna, es tut mir so leid!" Er breitete mit einer hilflosen Geste die Arme aus. „Ich war traurig und verletzt. Keine Ahnung, was in mich gefahren ist. Wenn du möchtest, sage ich Selina wieder ab."

Überrascht hob ich die Augenbrauen. Eine solche Entschuldigung passte nicht zu seinem selbstbewussten, manchmal etwas uneinsichtigen Charakter.

„Andererseits musst du so deinen Anteil nicht bezahlen", fügte er hinzu, als täte er mir damit einen Gefallen.

„Soll ich mich etwa freuen, dass du so schnell Ersatz für mich gefunden hast?"

Er zuckte die Schultern und wich meinem Blick aus. Einige Sekunden sah ich ihn an, ohne ein weiteres Wort zu sagen. Konnte ich ihm verzeihen und ihn bitten, ohne Selina zu fahren? Oder sollte ich ihm vertrauen? Behaupten, dass es mich nicht stören würde, wenn er mit ihr fuhr? Mila wäre schließlich die ganze Zeit dabei und könnte sehen, was sie taten. Allerdings hatten wir in letzter Zeit häufig gestritten und wenig gemeinsam unternommen. Wäre es vielleicht klüger, Schluss zu machen? Doch wie machte man das überhaupt?

2. Reise ins Ungewisse

„Wie zum Teufel soll ich das alles da reinbekommen?" Hilflos fuhr ich mir durch meine mittellangen, dunklen Haare. Vor mir auf dem Bett lag ein riesiger Berg Klamotten. Daneben meine Reisetasche, die im Vergleich zu der Menge an Kleidung ziemlich mickrig wirkte. Am Fußende saß Mila und grinste mich aufmunternd an. Sie würde heute, in meiner letzten Nacht zu Hause, bei mir übernachten.

„Du musst die Sachen rollen, das spart Platz. Und pack die Schuhe zuerst ein", riet sie.

Ich seufzte und steckte meine Westernboots aus hellblauem und braunem Leder unten in die Reisetasche. Milas neidischer Blick entging mir dabei nicht. Sie hatte zwar kein eigenes Pferd, ritt jedoch auch sehr gern.

„Irgendwann fliegen wir gemeinsam", versprach ich und rollte eine Jeans zusammen.

„Ja, wenn ich im Lotto gewonnen habe. Du hast so ein Glück, dass deine Tante das Flugticket bezahlt und du für den Job sogar Geld bekommst."

„Ich hätte es auch ohne Bezahlung gemacht."

„Dachte ich mir. Außerdem verliebst du dich dort vielleicht und hast eine richtig schöne Sommerromanze."

Milas Augen bekamen einen verklärten Ausdruck. Sie war eindeutig die romantischere von uns beiden.

Jakob und ich hatten uns getrennt. Er würde mit Selina in den Urlaub fahren und mir wohl nicht hinterhertrauern. Ich dagegen fühlte mich überhaupt nicht in der Stimmung für einen neuen Flirt.

„Jakob meinte auch, dass ich ihn ohnehin mit irgendeinem Cowboy betrogen hätte. Was denkt der sich eigentlich? Ich lache mir so schnell bestimmt keinen neuen Typen an! Diesen Sommer interessiere ich mich nur für Pferde", behauptete ich und stopfte energisch ein T-Shirt in die Reisetasche.

„Wie auch immer, Jakob und du hattet ohnehin Schwierigkeiten in letzter Zeit. Wahrscheinlich ist es so besser für dich." Mila biss in ein Stück Schokolade und sah aus ihren beinahe runden, braunen Augen zu mir hinauf. Wir wurden aufgrund unseres Äußeren häufig für Schwestern gehalten.

„Schon. Aber es ist trotzdem ein seltsames Gefühl. Wir waren fast ein Jahr zusammen. Und dann ersetzt er mich einfach durch Selina." Bisher verspürte ich jedoch keinen heftigen Liebeskummer, wie er in Büchern beschrieben oder in Filmen gezeigt wurde. Eher war ich verwirrt und überrascht, wie schnell sich eine Beziehung in unserem Alter auflösen ließ. Ich hatte mein Profilbild geändert und Jakobs Sachen in eine Tüte gepackt. Das wars. Ich war wieder single. Inzwischen fühlte ich mich beinahe erleichtert, dass ich ohne einen Freund, der zu Hause auf mich wartete, in dieses Abenteuer aufbrechen konnte.

Wir redeten den ganzen Abend über Pferde, Jungs, den Kroatienurlaub und darüber, wie es in Amerika wohl sein würde. Als ich einschlief, hatte ich das Gefühl, den gesamten Gesprächsbedarf des Sommers bereits im Vorfeld mit Mila durchgekaut zu haben.

Am nächsten Tag saß ich in einem riesigen Airbus auf der Startbahn des Münchener Flughafens. Auf meinem Schoß lag eine Decke der Fluggesellschaft und in der Hand hielt ich einen Ausdruck mit reiterlichen Fachbegriffen auf Deutsch und Englisch. Die wollte ich auf dem Flug auswendig lernen, um den Gästen Anweisungen geben zu können. Ich war aufgeregt wie ein kleines Kind. Eine so weite Strecke im Flugzeug hatte ich noch nie zurückgelegt. Nun war ich auf mich allein gestellt und hatte nur eine ungefähre Ahnung, was mich erwarten würde.

Zur Red Elm Ranch gehörten knapp hundert Pferde. Normalerweise begleiteten Caleb und ein anderer Cowboy die Gäste mit der Herde. Josie lieferte mit einem Fahrzeug das Gepäck und die Verpflegung. Doch in ihrem momentanen Zustand konnte sie sich nicht allein um alles kümmern. Am Telefon hatte sie gesagt, dass ich Calebs Job übernehmen und mit einem jungen Cowboy reiten sollte. Josie und eine Tante von Caleb wollten für den Gepäcktransport sorgen.

Auf dem langen Flug hatte ich genug Zeit für ausführliche Überlegungen. Wie der Cowboy wohl sein würde, mit dem ich den ganzen Sommer zusammenarbeiten musste? Würde ich ein Lieblingspferd haben oder wäre es besser, keine große Bindung aufzubauen? War ich überhaupt fit genug für so viele Stunden im Sattel? Hielt ich es aus, fast den ganzen Sommer im Zelt zu schlafen? Was, wenn ich krank werden würde? Irgendwann fielen mir die Augen zu.

Ich ritt auf einem Pferd durch heftigen Regen. Es war dunkel um mich herum und ich konnte nicht einmal die Farbe des Pferdes erkennen, auf dem ich saß. Ein beklemmendes Gefühl von Angst und Einsamkeit machte sich in mir breit und ich fröstelte unwillkürlich.

Als die Maschine den Flughafen von Denver ansteuerte, erwachte ich. Die Decke war verrutscht und durch die Klimaanlage im Flugzeug fror ich tatsächlich. Das berühmte, zeltartige Dach des drittgrößten Flughafens der Welt tauchte vor mir auf. Dahinter erhoben sich majestätisch die Gipfel der Rocky Mountains. Die Erinnerung an den Traum hatte mich trotz des herrlichen Anblicks noch fest im Griff. Ein böses Omen? Oder hatte ich im Schlaf einfach nur versucht, meine Unsicherheit zu verarbeiten?

Als ich mit steifen Gliedern das Flugzeug verließ, gelang es mir endlich, das ungute Gefühl abzuschütteln. Drei Stunden Aufenthalt hatte ich hier bis zu meinem Anschlussflug nach Jackson Hole in Wyoming. Ich kaufte etwas zu Essen und freute mich, als ich das erste Mal mit amerikanischen Dollars bezahlen durfte. Dann knipste ich ein Selfie und schickte es an Mila. Auf der Ranch würde ich solche Dinge nicht tun können, denn dort gab es kein W-Lan. Lediglich ein einziger Computer mit Internetzugang stand dort zur Verfügung. Er wurde für die

Buchungen benötigt. Während des Rittes würden wir komplett von der Außenwelt abgeschnitten sein und hatten nur ein Funkgerät für den Notfall.

Das kleine Flugzeug, das mich zum Zielflughafen bringen würde, startete pünktlich. Es war sehr viel lauter und beengter als der große Airbus, in dem ich gekommen war. Für mich fühlte es sich bereits jetzt sehr abenteuerlich an. Leicht nervös knabberte ich an einer Salzstange und trank einen Schluck Cola hinterher. Die Landschaft war atemberaubend. Die Maschine flog an einem tiefblauen See vorbei und direkt auf eine beeindruckende Gebirgskette zu. Der Eingang zum Flughafen wurde von einer großen Anzahl an Geweihen, die zu einem Bogen drapiert waren, markiert.

Erleichtert, endlich da zu sein, schulterte ich mein Gepäck und trat nach draußen, um Ausschau nach Tante Josie zu halten. Doch von ihr war weit und breit nichts zu sehen. Die Minuten verstrichen und die Sonne brannte unbarmherzig auf mich hinunter. Irgendwann zog ich mich wieder unter das Vordach des Gebäudes zurück und stellte die schwere Tasche ab. Zweifel überkamen mich. War ich am richtigen Flughafen? Hatte es wegen der Zeitverschiebung ein Missverständnis gegeben? Verunsichert blickte ich auf mein Handy. Kein Netz. Schließlich rumpelte ein roter Pick-up mit meiner Tante am Steuer auf mich zu. Josie kletterte mühsam heraus und sah aus, als wäre sie einem Westernkatalog für Umstandsmode entsprungen. Sie war mit einer karierten Bluse bekleidet, die über ihrem Babybauch hing, die schlanken Beine steckten in Jeans und aufwendig verzierten Westernboots. Ihre blonden Haare waren etwas kürzer, als ich sie in Erinnerung hatte und ihr Gesicht hatte die gesunde Ausstrahlung von jemandem, der viel Zeit an der frischen Luft verbrachte.

„Herzlich willkommen, Hanna! Tut mir leid, dass du so lange warten musstest!" Sie umarmte mich. „Wie war der Flug?"

„Lang, aber es lief alles ohne Probleme."

Nachdem meine Sachen verstaut waren, quetschte Josie sich wieder hinter das Lenkrad und wir fuhren los. Sie erzählte in beachtlicher Geschwindigkeit von den Gästen, den Pferden, der Ranch und von Calebs Reitunfall. Mein Kopf dröhnte nach den beiden Flügen. Da ich die Toiletten im Flugzeug meiden wollte, hatte ich nicht genug getrunken und hätte in diesem Moment viel für eine Kopfschmerztablette gegeben. Ich nickte und machte an den richtigen Stellen passende Geräusche. Währenddessen blickte ich aus dem Fenster, um möglichst viel von der Landschaft zu sehen. Die Straße, auf der wir fuhren, sah genauso aus, wie ich mir amerikanische Straßen vorgestellt hatte: endlos.

„Deine Mutter hat am Telefon erzählt, dass du dich wegen dieser Reise von deinem Freund getrennt hast. Das muss schwer für dich gewesen sein." Josie warf mir einen raschen Seitenblick zu.

Na prima, worüber hatten sich meine Eltern wohl noch mit ihr unterhalten?

„Das ist schon in Ordnung."

„Es wird dir bei uns gefallen, da bin ich ganz sicher", meinte sie. „Es ist allerdings kein Partyurlaub, wie du ihn normalerweise diesen Sommer gehabt hättest. Die Gäste auf dem Ritt zu begleiten ist harte Arbeit. Wir bemühen uns, immer freundlich, zuvorkommend und charmant zu sein, aber nicht mehr. Alles, was darüber hinausgeht, wäre unprofessionell, lenkt nur ab und schadet auf lange Sicht dem Geschäft. Ist das klar?"

„Also kein Flirt mit den Gästen. Kein Problem, so etwas hatte ich ohnehin nicht vor", versicherte ich.

„Sehr gut." Josie wirkte erleichtert. „In ungefähr fünfzehn Minuten endet die Mobilfunkverbindung. Dann dient dein Handy nur noch als Uhr und Fotoapparat. Wenn du also eine letzte Botschaft senden willst, hast du jetzt noch die Chance." Josie sagte das in scherzhaftem Ton, doch ich griff sofort nach meinem Smartphone und tippte einige Nachrichten.

Die Straße wurde immer schmaler und schließlich endete der asphaltierte Teil. Ich kurbelte das Fenster hinunter, streckte einen Arm nach draußen und hob meine Nase in den Wind. Noch nie in meinem Leben hatte ich mich so erwachsen und frei gefühlt wie in diesem Moment. Gut gelaunt summte ich zu der Countrymusik, die im Auto erklang.

„Magst du diese Art von Musik?" Meine Tante wirkte etwas überrascht.

„Ja. Ich hatte bisher nur keine Ahnung wie sehr!"

Josie lachte und begann zu singen. Sie war komplett anders, als mein urbayerischer, wortkarger Vater.

In bester Stimmung fuhren wir etwa eine halbe Stunde auf einem Schotterweg weiter. Dann tauchte endlich die Ranch vor uns auf. Malerisch eingebettet lag sie zwischen den Hügeln. Neben dem Hauptgebäude standen zwei prächtige Ulmen, die wohl als Inspiration für den Namen gedient hatten.

„Das ist die Red Elm Ranch", verkündete Josie stolz und parkte den Pick-up neben einem riesigen Pferdetransporter.

„Wow, es ist traumhaft hier!", rief ich begeistert und kletterte aus dem Auto.

Die Tür des großen Hauptgebäudes öffnete sich und ein blonder Junge lief, dicht gefolgt von einem Hund, heraus. Das musste mein Cousin Max sein.

„Hallo Hanna!", rief er und umarmte meine Beine, obwohl er mich überhaupt nicht kannte. Erfreut begrüßte ich ihn ebenfalls.

Josie deutete auf den Hund. „Das ist Jet, er wird euch auf dem Ritt begleiten. Nimm deine Sachen und komm rein."

Caleb saß auf einem Stuhl am gedeckten Esstisch und erhob sich mühsam. Er sah genauso aus wie auf den Fotos, die ich von ihm kannte. Groß, mit einem runden, lausbubenhaften Gesicht und blonden Locken.

„Willkommen, Hanna! Vielen Dank, dass du uns diesen Sommer unterstützt!", empfing er mich mit lauter, tiefer Stimme.

Eine Frau Mitte sechzig, die Caleb so ähnlich sah, dass sie seine Mutter sein musste, trug einen Topf herein, aus dem es verführerisch duftete. Sie begrüßte mich freundlich. Da öffnete sich die Haustür erneut und ein junger Cowboy trat ein.

„Das ist Shane Atkins. Er arbeitet seit vorletztem Sommer hier und wird mit dir die Pferdetriebe übernehmen. Shane, das ist meine Nichte Hanna aus Deutschland", stellte Caleb uns einander vor.

Der junge Mann nickte nur und musterte mich stirnrunzelnd. Er war groß und eher schmal gebaut, hatte kurze, dunkelblonde Haare und ein markantes Gesicht. An seinem Gürtel prangte eine beeindruckende Gürtelschnalle.

„Wie alt bist du?", fragte er.

„Siebzehn." Hatten sie ihm das etwa nicht gesagt?

Shane hob eine Augenbraue und wandte sich meinem Onkel zu. „Ich soll die Gäste mit einem Teenager führen? Kann sie überhaupt reiten?"

„Hanna ist eine hervorragende Reiterin und arbeitet schon länger mit Touristen als du", entgegnete Josie.

Der Cowboy wandte sich wieder an mich. „Reitest du Western? Sprichst du gut genug Englisch, um dich in jeder Situation mit den Gästen verständigen zu können? Kannst du ein Pferd mit dem Lasso einfangen? Und weißt du, wie man mit einem Jagdgewehr umgeht?"

Mir rutschte das Herz in die Hose und ich wechselte einen unsicheren Blick mit Josie. Lasso? Jagdgewehr? Davon hatte ich nicht die leiseste Ahnung. Ganz offensichtlich wollte Shane mich nicht dabeihaben und sah in mir eher eine Belastung als eine Unterstützung.

„Ähm, ich denke, das mit der Kommunikation bekomme ich hin und zu Hause reite ich auch Western, aber die Sache mit dem Gewehr ..."

„Schluss jetzt!", unterbrach Caleb mich. „Hanna wird dich begleiten, Shane. Wir sind sehr dankbar, dass sie den weiten Weg aus Deutschland gekommen ist", donnerte er. „Das Lasso kommt selten zum Einsatz, wenn ihr es braucht, übernimmst du das. Und das Jagdgewehr mussten wir in all den Jahren nur einmal einsetzen. Also keine Sorge Hanna, es reicht, wenn du mit den Pferden und den Gästen umgehen kannst."

„Das schaffe ich", meinte ich leise, aber entschlossen und blickte direkt in Shanes grüne Augen.

„Gut. Du reitest hinten mit dem Hund. Jet treibt jedes ausgerissene Pferd zurück zur Herde", sagte er knapp.

In diesem Moment kam eine korpulente Frau mit forschen Schritten herein. In ihr lockiges, mittelblondes Haar mischten sich graue Strähnen. Sie sah aus wie jemand, mit dem weder Menschen noch Tiere sich gern anlegten. Sie grüßte mich und stellte sich als Calebs Tante Shirley vor, die uns mit Josie im Fahrzeug begleiten würde.

Nun waren alle versammelt und wir ließen uns am Esstisch nieder. Calebs Mutter lud großzügig Eintopf in die Teller und ich wollte gerade anfangen zu essen, als mein Onkel begann ein Tischgebet zu sprechen. Rasch legte ich den Löffel zurück und senkte meinen Blick. Alle, auch Max, saßen andächtig mit geschlossenen Augen und gefalteten Händen da. Während des Essens taten Josie, Shirley und Caleb ihr Bestes, um mich zu unterhalten.

Shane beteiligte sich nicht mehr am Gespräch.

„Wisst ihr eigentlich, ob es ein Junge oder ein Mädchen wird?", erkundigte ich mich an Josie gewandt.

„Ein Mädchen. Der Entbindungstermin ist aber erst in vier Wochen."

„Erst? Was ist, wenn sie früher kommt?"

Josie zuckte die Schultern. „Dann ist es halt so. Shirleys älteste Tochter vertritt mich für einige Wochen, sobald das Baby da ist."

Meine Tante ging mit der Situation völlig entspannt um. Ich hatte mit Schwangerschaften zwar keine Erfahrung, konnte mir jedoch nicht vorstellen, dass ich so kurz vor der Entbindung noch mit einem Transporter durch völlig abgeschiedenes Gelände fahren wollen würde.

„Morgen Vormittag macht Shane mit dir einen Ausritt, damit du die Gegend ansehen und dich an dein Pferd gewöhnen kannst", wechselte Caleb das Thema.

„Und morgen Abend kommen die Gäste. Übermorgen gibt es noch mal einen Ausritt. Dabei können sie ihre Pferde kennenlernen und ihr beurteilt das reiterliche Können. Wer mit seinen Fähigkeiten übertrieben hat, kann nicht mitkommen. Dafür ist unser Zeitplan zu straff", ergänzte Josie. „Wir haben als Erstes eine kleine Gruppe von sieben Leuten. Sie sind befreundet, gehen zusammen auf die Universität. Fünf junge Frauen und zwei Männer aus Kentucky."

„Klingt gut. Aber normalerweise habt ihr größere Gruppen, oder? Und wie wählt ihr die Pferde für die Gäste eigentlich aus?"

„Ja, aber eine Familie sagte kurzfristig ab. In der Anmeldung muss jeder etwas über seine Reitkenntnisse schreiben und wir sprechen beim Abendessen über ihre Vorstellungen. Dann suchen wir passende Pferde aus. Sollte die Chemie irgendwo nicht stimmen, wird eben noch mal getauscht", erklärte Caleb.

„Und wo ist die Herde jetzt?" Ich hatte bei meiner Ankunft zwar einige Pferde gesehen, aber bei Weitem nicht so viele, wie in den Internetbeiträgen der Ranch.

„Sie stehen auf einer eingezäunten Fläche, einen Tagesritt entfernt. Dort treibt ihr sie zusammen und dann geht es mit der Herde in einem großen Bogen zurück zur Ranch. Die nächsten Gäste treiben die Pferde dann von der Ranch dorthin zurück und so weiter", erwiderte Josie.

„Es werden aber nicht immer die gleichen Pferde geritten, oder?"

„Nein, sie werden durchgewechselt. Jeder Gast bekommt ein Pferd für die Dauer seines Aufenthaltes. Danach hat dieses Pferd Pause. In der Herde befinden sich einige Reservepferde, außerdem Jungpferde und Mutterstuten mit Fohlen. Die älteren oder auch mal verletzten Pferde, stehen auf der Koppel mit den Reitpferden."

„Ist das nicht anstrengend? Gerade für die Fohlen?", fragte ich.

„Pferde brauchen viel Bewegung. In freier Natur ziehen sie ebenfalls in Herden durchs Land. Wir versuchen, ihnen die Lebensweise zu bieten, die ihrer natürlichen am nächsten kommt. Und auch wenn es auf Fotos und Videos so aussieht, wir galoppieren nicht den ganzen Tag."

Josie lächelte. „Meistens sind wir im Schritt unterwegs. Wirklich schnell reiten wir nur auf wenigen Strecken. Wir lieben unsere Pferde und passen gut auf sie auf."

„Hanna, du suchst dir morgen am besten zwei Pferde aus", schlug Caleb vor. „Die reitest du dann im Wechsel. Shane macht es genauso."

Josie erhob sich schwerfällig. „Bist du noch fit genug für eine kleine Führung?"

Obwohl ich müde war, nickte ich. Sie zeigte mir die Außendusche, das Plumpsklo und die Wasserpumpe. Dann kamen wir zu dem weißen Pferdetransporter, der mir bei der Ankunft schon aufgefallen war. Er verfügte neben Platz für vier Pferde auch über einen komfortablen Wohnbereich.

„Damit transportieren Shirley und ich Lebensmittel, Zelte und eure Sachen. Meist werde ich tagsüber zur Ranch fahren, um nach Max zu sehen und Caleb und seiner Mutter zu helfen. Abends warten wir immer an den jeweiligen Übernachtungsplätzen auf euch", erklärte meine Tante.

Am Schluss führte sie mich in eine der rustikalen Blockhütten. Meine Bleibe für die Zeit auf der Ranch.

Als ich mein Domizil bezog, hatte ich gemischte Gefühle. Einerseits fühlte ich mich unendlich weit weg von meiner Heimat. Andererseits wirkte die gemütliche Hütte mit der spartanischen Einrichtung, schon jetzt wie ein zweites Zuhause. Allerdings konnte es ein langer Sommer werden, wenn Shane mich nicht akzeptierte. Hoffentlich hatte er heute einfach nur einen schlechten Tag.

3. Neue Gefühle

Ich schlief tief, traumlos und ziemlich lange. Als ich am nächsten Morgen in den strahlenden Sonnenschein hinaustrat, waren bereits alle auf den Beinen. Max übte Lassowerfen an einem Holzkälbchen und ich überlegte, ob ich mir Unterricht von dem Fünfjährigen geben lassen sollte.

Shane kam mir entgegen und sah nicht freundlicher aus als gestern. „Die Pferde habe ich schon versorgt. Morgen stehst du rechtzeitig auf und hilfst mir dabei."

„Natürlich. Entschuldigung, aber der Jetlag ...", begann ich, doch Shane war einfach weiter gegangen und befand sich nicht mehr in Hörweite.

Nach dem Frühstück gingen wir zu der Koppel mit den Reitpferden. Sogar Caleb begleitete uns auf Krücken. Begeistert betrachtete ich die vielen Quarter Horses und Appaloosas. Pferde in allen Farben standen da, pflegten sich gegenseitig das Fell, dösten in der Morgensonne oder grasten.

Hilflos blickte ich zu Josie. „Sie sehen alle toll aus, wie soll ich mich da entscheiden?"

„Du kannst nicht viel falsch machen, vertraue einfach deinem Gefühl", riet sie.

Shane ließ mich nicht aus den Augen. War die Auswahl der Pferde bereits eine erste Prüfung? Testete er damit meinen Pferdeverstand? Mir fiel ein hübscher Fuchs mit schiefer Blesse und kräftiger Hinterhand auf. Shane folgte meinem Blick. „Ahnung von Pferden hast du offenbar", gab er zu. „Das ist Chex. Er gehört mir."

Eine braune Stute vertrieb den Fuchs mit angelegten Ohren von seinem Platz.

„Dann nehme ich diese Stute", entschied ich spontan.

Der junge Mann sah mich skeptisch an. „Das ist Bonnie. Sie ist ranghoch und ziemlich temperamentvoll. Bist du sicher, dass du damit zurechtkommst?"

„Ich reite sie gleich heute, dann sehen wir, ob es klappt." Das klang selbstsicherer, als ich mich fühlte. Eigentlich hielt ich mich für eine passable Reiterin, doch ich hatte schon lange keine fremden Pferde mehr geritten.

Ein schöner Appaloosa war Bonnie gefolgt.

„Den nehme ich als zweites Pferd", entschied ich.

„Eine gute Wahl", lobte Caleb. „Er ist sehr verlässlich und dabei ausdauernd und fleißig."

„Darf ich auf den Ausritt mitkommen?", fragte Max und sah bittend in die Runde.

„Habt ihr etwas dagegen?" Josie sah erst Shane und dann mich an.

Shane schüttelte den Kopf. „Los, Max, zeigen wir Hanna die Gegend."

Er nahm den Cowboyhut vom Kopf des kleinen Jungen und ersetzte ihn durch einen passenden Reithelm. Kurz darauf waren wir unterwegs. Jet lief neben uns her.

Bonnie war herrlich zu reiten und reagierte auf die feinsten Signale. Sie hatte bequeme Gangarten und ich war mir sicher, dass ich viel Freude mit ihr haben würde. Shane legte mit Chex ein flottes Tempo vor. Der Wind strich um unsere Gesichter und die Landschaft war atemberaubend schön. Wir durchquerten einen Fluss und ritten über endlose Ebenen voller kleiner Büsche mit blassgrünen Blättern.

„Welche Pflanze ist das?", wollte ich wissen.

„Salbei." Shane sah weiter geradeaus.

„Die Landschaft hier ist unglaublich. Es muss herrlich sein, hier zu leben!"

„Mir gefällt es. Können wir ein Stück galoppieren?" Shane sah mich fragend an.

Ich gab es auf, mich mit ihm unterhalten zu wollen und nickte. Es wurde ein langer und schneller Galopp. Immer wieder sah ich mich besorgt nach Max um, doch meine Bedenken waren unbegründet. Mein Cousin war ein richtiger, kleiner Cowboy und hatte keine Probleme mit der hohen Geschwindigkeit. In einigen Jahren würde er die Gäste auf den Pferdetrieben anführen, da war ich mir ganz sicher. Als wir uns der Ranch wieder näherten, wuchs meine Neugier auf die Gäste.

Wir versorgten die Pferde und entließen sie auf die Koppel, dann verschwand Max mit dem Hund ins Haus.

„Da ich heute Morgen gefüttert habe, ist es nur fair, wenn du das jetzt machst." Shane deutete auf einige Heuballen, die ich wohl verteilen sollte. „Außerdem muss ich in die Stadt fahren und die Gäste abholen."

„Klar." Schon schleppte ich einen Ballen heran, hatte jedoch nichts, um die Schnüre durchzuschneiden.

Der junge Cowboy verdrehte die Augen. „Hast du kein Messer dabei?" Ohne meine Antwort abzuwarten, holte er ein Klappmesser aus seiner Hosentasche und warf es mir zu.

„Danke! Aber dann hast du ja keines mehr."

Er lächelte süffisant. „Wenn das mein einziges Messer wäre, würde ich es dir nicht geben. Behalte es bis zum Ende des Sommers, du wirst es brauchen. Und wehe, du verlierst es!"

Damit wandte er sich ab und ich war auf mich allein gestellt. Vielleicht zeigte er sich ja von einer netteren Seite, wenn die Gäste da waren. Ich genoss die Zeit mit den Pferden und duschte anschließend in der Außendusche, die ich mir bald mit den Urlaubern teilen musste. Dafür hatte ich extra biologisch abbaubare Seife bekommen, etwas anderes durfte hier nicht verwendet werden.

Einige Zeit später kehrte Shane zurück und ich lernte endlich die Menschen kennen, mit denen ich das erste Mal über hundert Meilen reiten würde.

Josie übernahm die Verteilung der Hütten und ich musterte die jungen Leute unauffällig. Alle gingen auf die Universität, also schätzte ich sie auf Anfang bis Mitte zwanzig. Eine Frau mit dunklen, lockigen Haaren fiel mir besonders ins Auge. Sie war schlank, aber auf eine sehr sportliche Weise. Ihre Haut schimmerte wie Bronze und sie lächelte sehr viel. Dabei zeigte sich rechts von ihrem Mund ein kleines Grübchen.

Verwirrt hielt ich inne. Warum sah ich sie mir eigentlich so genau an? Und noch wichtiger: Wieso gefiel sie mir so gut? Bislang hatte ich mich ausschließlich für Jungs interessiert und nun ertappte ich mich bei dem Gedanken, dass ich sie gern näher kennenlernen würde. Vermutlich spielten meine Hormone und Gefühle nach der Trennung von Jakob einfach verrückt. Rasch wandte ich den Blick ab. Die Zuteilung der Blockhäuser war abgeschlossen und jeder, bis auf die junge, dunkelhaarige Frau, schleppte sein Gepäck davon.

Sie wandte sich an mich und stellte sich als Megan vor. „Ich würde diese Woche allein schlafen, weil die Zelte und Blockhütten jeweils für zwei Personen gedacht sind. Deine Tante wäre damit einverstanden, mir den Einzelzimmerzuschlag zurückzuzahlen, wenn du dich bereit erklärst, Zelt und Hütte mit mir zu teilen." Megan sah mich bittend an.

Ich schluckte. War das eine gute Idee? Eigentlich schätzte ich meine Privatsphäre. Meine Hütte und das Zelt waren meine einzigen Rückzugsorte diesen Sommer. Andererseits wäre es die perfekte Gelegenheit, um mehr über Megan zu erfahren.

„Ja, das können wir gern so machen."

„Toll, vielen Dank, Hanna!" Ihre braunen Augen strahlten.

Nach dem Tischgebet aßen wir erneut köstlichen Eintopf und es wurde viel geredet. Obwohl ich in der Schule gute Englischnoten hatte, fiel es mir schwer, die Amerikaner zu verstehen, und ich musste konzentriert zuhören.

Die jungen Frauen waren genauso, wie ich mir eine Highschool-Clique vorgestellt hatte. Nur, dass sie nicht mehr zur Highschool gingen. Wie die beiden Männer zu ihnen standen, wusste ich noch nicht.

Die honigblonde Bethany und die dunkelhaarige Samara schienen in der Gruppe den Ton anzugeben. Samaras Haut war etwas dunkler als die von Megan und sie besaß eine besondere Schönheit, die auch von ihrer etwas großen Nase nicht beeinträchtigt wurde. In ihren bunten Klamotten erinnerte sie mich unwillkürlich an eine Schauspielerin aus einem Bollywoodfilm.

„Gebt mir irgendein hübsches Pferd, nur keinen Appaloosa, die haben so eine dünne Mähne, das sieht auf den Fotos nicht hübsch aus." Bethanys Stimme klang heiser, so als ob sie krank wäre. Da sie sonst keine Erkältungssymptome zeigte, war dies aber wohl ihre normale Stimmlage. Mit dieser Aussage war sie mir als Besitzerin eines solchen Pferdes natürlich direkt unsympathisch.

Caleb machte sich ungerührt eine Notiz. Sicher hatte er schon jede Menge merkwürdiger Wünsche gehört.

„Wahre Schönheit kommt von innen", behauptete Donna in spitzem Ton. Sie hatte glatte, dunkle Haare und war etwas korpulenter als die anderen. Ihr rundes Gesicht mit den großen, puppenhaften Augen ließ sie jünger wirken als ihre Freunde. Von den Frauen war sie die Einzige, die ein eigenes Pferd besaß.

„Du musst es ja wissen", gab Bethany zurück und warf einen bedeutsamen Blick auf Donnas Teller, der erneut randvoll mit Eintopf gefüllt war.

Donna ignorierte die Anspielung und führte ihren Löffel zum Mund.

„Du hast ja recht, das kam falsch rüber", lenkte Bethany ein. „Die innere Schönheit sehen meine Follower auf den Fotos und Videos aber nicht."

„Also mir ist das Aussehen völlig egal. Wenn ihr ein Pferd habt, das gern etwas schneller unterwegs ist, würde ich es nehmen", meinte meine zukünftige Zeltgenossin.

Caleb horchte auf und schien tatsächlich an ein bestimmtes Pferd zu denken. „Du hast also keine Angst vor Geschwindigkeit? Wie war dein Name noch gleich?"

„Megan. Die Eltern meines Freundes besitzen einen Rennstall. Ich habe eine Trainerlizenz und arbeite neben dem Studium dort. Ich liebe schnelle Pferde!"

Sie hatte also einen Freund. Überrascht bemerkte ich, dass ich deshalb etwas enttäuscht war. Was war nur los mit mir? Veränderte mich die Reise auf einen anderen Kontinent so grundlegend?

„Also ich möchte bitte ein ganz braves Pferd", meldete sich Annie zu Wort. Sie hatte sich bisher im Hintergrund gehalten, eine zierliche, blonde Frau mit Pagenschnitt, schmalem Gesicht und Brille.

Shane zog die Stirn in Falten, Annie bemerkte es und machte sich noch kleiner auf ihrem Stuhl. Sie erinnerte mich an ein Tier, das versuchte sich unsichtbar zu machen, weil ein Feind in der Nähe war.

„Wir haben einige Pferde, auf denen du dich absolut wohlfühlen wirst", versicherte Tante Josie. „Was ist mit euch beiden?" Sie musterte die jungen Männer.

„Ich besitze zwei Quarter Horses. Beide sind erfolgreiche Turnierpferde", erzählte Colin. Er wirkte sehr gestylt mit seinen perfekt frisierten, blonden Haaren und dem teuren Hemd. Dass er Gefallen an einem solch rustikalen Urlaub fand, konnte ich mir schwer vorstellen.

Lex, der zweite Mann, sah mit seinen wirren, dunkelblonden Haaren und den funkelnden, grünen Augen unheimlich gut aus. „Für eigene Pferde fehlt mir leider das Geld, aber ich reite schon mein Leben lang. Im Moment helfe ich Colin beim Training seiner Pferde."

Dass Lex mir ebenfalls gut gefiel, registrierte ich beinahe mit Erleichterung. Doch eigentlich wollte ich mich diesen Sommer überhaupt nicht mit romantischen Gefühlen befassen, sondern lediglich meinen Job gut machen. Und dazu gehörte, sich von den Gästen fernzuhalten. Das hatte Josie auf der Fahrt zur Ranch deutlich genug gesagt.

„Erzähl etwas von dir, Shane", bat Samara. „Wie ist es, so lange Zeit hier in der Einöde zu arbeiten?" Das hörte sich für mich ziemlich abwertend an, doch Shane nahm es mit Humor.

„Es kommt immer auf die Gäste an. Mit den ganzen hübschen Mädchen ist es meist durchaus reizvoll", gab er zurück und zwinkerte Samara zu.

Die Frauen kicherten und ich sah, dass Caleb warnend eine Augenbraue hob.

„Kann ich mir vorstellen", meinte Lex. „Du hast also keine feste Freundin?" Er grinste kurz zu mir hinüber.

Shane lachte, aber es lag auch ein Hauch Bitterkeit darin. „Ich arbeite jetzt das dritte Jahr hier auf der Ranch und bin dauernd unterwegs. Das würde nicht klappen."

„Was ist mit dir, Hanna? Von dir wissen wir noch gar nichts." Colin sah mich mit einem merkwürdigen Blick an, den ich nicht recht zu deuten vermochte.

Ich zögerte. Vor vielen Menschen zu reden verunsicherte mich, doch ich sah ein, dass ich das diesen Sommer überwinden musste. Also erzählte ich von Deutschland, unserem Hof und meiner Stute Trixie.

„Und wartet zu Hause dein Freund auf dich?", hakte er nach.

Auf eine so direkte Frage war ich nicht vorbereitet. „Ähm nein. Wir haben uns kurz vor meiner Abreise getrennt."

„Bist du nicht ohnehin etwas jung für eine ernsthafte Beziehung?" Das kam von Bethany. Was bildete sie sich eigentlich ein?

„Ich bin siebzehn", erwiderte ich und zuckte die Schultern. Ich war beinahe volljährig. Zumindest in Deutschland.

„Vielleicht verliebst du dich ja hier in jemanden." Bethany zwinkerte mir zu. Das sollte wohl freundschaftlich wirken, doch ich nahm ihr die Bemerkungen über hässliche Pferde und mein Alter noch übel.

„Eigentlich bin ich zum Arbeiten hier, nicht zum Speeddating", stellte ich klar.

Alle lachten und Colin sah mir einen Moment zu lang in die Augen. Verwirrt wandte ich mich ab und bemerkte, dass Bethany nicht begeistert über den Blickkontakt zwischen mir und dem blonden Mann schien.

Caleb beschrieb den Ablauf. Morgen ein Ausritt, übermorgen ein Tagesritt zur Herde und dann würde der Pferdetrieb starten. „Dieses Mal weicht die Route etwas von unserem üblichen Weg ab. Die letzte Nacht werdet ihr im sogenannten Schattental verbringen, weil der Weg zu unserem regulären, letzten Schlafplatz bei den heftigen Unwettern in den vergangenen Wochen fortgespült wurde."

„Schattental? Das klingt düster", stellte Annie fest und sah schon wieder aus wie ein scheues Reh.

„Stimmt. Man sollte es meiden, denn der Legende nach geschieht jedem, der das Tal betreten möchte, großes Unglück", erwiderte Shane in nüchternem Tonfall.

Tante Josie warf ihm einen strafenden Blick zu, Caleb hingegen lachte polternd. „Schauergeschichten gibt es überall. Es heißt Schattental, weil es von hohen Felswänden umgeben ist und dort eben wenig Sonne hinfällt. Ich war schon häufiger da, aber nicht als dieser Unfall passiert ist." Er deutete auf sein Gipsbein.

Damit war das Thema beendet, doch Shane wirkte tatsächlich beunruhigt wegen der Routenänderung. Plötzlich spürte ich mit aller Deutlichkeit die Verantwortung, die auf Shane und mir liegen würde. Alle Gäste waren älter als ich. Wieso sollten sie auf meine Anweisungen hören? Ich war weder mit der Landschaft noch mit den Pferden vertraut. Warum hatte ich mir das bloß angetan?

Wir verschwanden alle recht früh in unsere Hütten und machten uns für die Nacht bereit. Während ich mich schon im Nachthemd ins Bett kuschelte, holte Megan ein kleines Büchlein aus dem Seitenfach ihrer Tasche. Dann griff sie nach einem Stift und machte sich eifrig Notizen.

„Schreibst du Tagebuch?"

„Ja, jeden Tag, schon seit ich ein kleines Mädchen bin. Es hilft mir, mein Leben klarer zu sehen und Dinge loszulassen."

„Wow, ich finde es beeindruckend, wenn man so viel Disziplin hat."

„Die brauche ich in meinem Job."

Auch wenn ich sehr wenig Ahnung vom Rennsport hatte, so interessierte ich mich doch dafür. „Wie oft reitest du Rennpferde im Training? Und was studierst du eigentlich?", wollte ich wissen.

„Ich studiere Sportwissenschaften. Auf der Trainingsbahn bin ich jeden Tag, morgens vor der Uni."

„Das klingt wirklich hart!"

„Ist es auch, aber für mich ist es einfach das Größte, auf einem Vollblut die Bahn hinunter zu galoppieren!" Sofort bekam ihr hübsches Gesicht einen sehnsuchtsvollen Ausdruck.

„Für mich wäre das nichts. In diesen Minisätteln fast stehend auf so temperamentvollen Pferden in dieser Wahnsinnsgeschwindigkeit ..." Ich fröstelte schon allein bei dem Gedanken daran, auch wenn ich grundsätzlich keine ängstliche Reiterin war.

„Es gibt viele Arten, Zeit mit Pferden zu verbringen. Nicht jeder muss es mit sportlichen Ambitionen oder Erfolgsdruck tun. Viel wichtiger finde ich den liebevollen Umgang mit dem Pferd und die Freude daran."

„Stimmt. Mir ist das reine Freizeitreiten am liebsten. Aber spannend finde ich deinen Job trotzdem. Warst du schon auf allen berühmten Rennbahnen in Kentucky? Churchill Downs, Keeneland, Ellis Park ...?"

Megan lachte und ihre braunen Augen blitzten dabei.

„Ja, ich war überall. Beeindruckend, dass du sie kennst!"

Sie erzählte noch eine Weile über die Pferde, die sie betreute und die Rennen, die sie besucht hatte.

Am folgenden Morgen erwartete uns ein deftiges Frühstück aus Kartoffeln und Rühreiern mit Speck. Zu meiner Verwunderung schmeckte es köstlich. Die Sonne schien und es würde ziemlich heiß werden. Für mich klang die Aussicht auf ein schattiges Tal durchaus verlockend.

Caleb, Josie und Shane hatten eine Liste erstellt und jedem Gast ein Pferd zugeteilt. Die wurde nun den Urlaubern vorgelesen. Auch ich lauschte aufmerksam und versuchte mir einzuprägen, wer welches Pferd reiten würde. Wenn ich mir etwas gut merken konnte, dann waren es Pferdenamen. Ein nutzloses Talent, das mir hier vielleicht zugutekommen würde.

Donna nahm den Führstrick eines prächtigen Rappens in Empfang und begann ihn zu striegeln. Kurz darauf kam Shane mit einer Fuchsstute zu Bethany.

„Was? Donna soll dieses Traumpferd reiten und ich bekomme so eine alte Mähre?"

Die glänzende Stute so herunterzumachen war ziemlich unangebracht. Shane zog ärgerlich die Augenbrauen zusammen.

„Ich will Donnas Pferd", verkündete Bethany und stemmte die Hände in die Hüften.

Donna hatte die Hand auf den Hals des schwarzen Wallachs gelegt und schien nicht bereit, ihn ohne Weiteres ihrer Kameradin zu überlassen.

„Ich denke, dass Donna und Rocket gut harmonieren", entgegnete Shane. „Aber schau dir die Herde an. Falls dir ein anderes Pferd gefällt, sehen wir, ob es passt."

Die Blondine starrte ihn an. Wahrscheinlich war sie es gewohnt, sofort zu bekommen, was sie wollte. Shane entließ die Fuchsstute wieder auf die Koppel und Bethany sah sich um wie eine Königin, die eine Kammerzofe auswählt. „Dann nehme ich das da", entschied sie und wies mit gebieterischer Miene auf einen Blauschimmel. Den einzigen der gesamten Herde. „Er ist etwas Besonderes", behauptete sie.

Shane fing ihn ungerührt ein. „Das ist Stormy. Er heißt so wegen seiner grau-bläulichen Fellfarbe, nicht wegen seines Temperaments."

Bethany wirkte zufrieden und drehte mit der Handykamera ein Video von dem hübschen Wallach.

„Bethany hat jede Menge Follower in den sozialen Medien. Dass sie hier kein Internet hat, nervt sie gewaltig. Zu Hause wird sie vermutlich jeden Tag tausend Fotos und Videos von dem Ritt posten", erklärte Megan mit gedämpfter Stimme als sie meinen Blick bemerkte.

Für den Ausritt wählte Shane eine ähnliche Strecke wie gestern. Die Reiter waren sattelfest und kamen gut mit ihren Pferden zurecht. Annie ritt deutlich besser, als ich erwartet hatte, sie saß lediglich etwas verkrampft im Sattel ihrer Palominostute. Colin machte den Eindruck, vom Vorbereiten der Pferde nicht viel Ahnung zu haben, gab im Sattel jedoch eine gute Figur ab. Vielleicht war er einer von diesen Reitern, die ihre Pferde stets von anderen striegeln und satteln ließen. Von Megan sah ich nicht viel. Sie hatte Shotgun bekommen, einen hellgrauen Wallach, der es liebte, an der Spitze zu laufen. Normalerweise wurde er von Caleb geritten, da wohl nur wenige Gäste Shotguns Vorwärtsdrang zu schätzen wussten.

Der Ausritt legte meine Nervosität etwas. Jeder hatte sein Pferd unter Kontrolle und Shane war ein guter, kompetenter Guide. Ich musste nur aufpassen, dass alle zusammenblieben und wir am Ende wieder alle Gäste und Pferde heil zur Ranch zurückbrachten.

Abends bedeckte sich der Himmel und es regnete. Jeder zog sich rasch zurück und packte seine Sachen für den Ritt. Am Pferd würden wir lediglich kleine Satteltaschen für unseren Proviant mitnehmen. Shane hatte zusätzlich Erste-Hilfe Material und ein Funkgerät dabei. Ich erhielt in seiner Hütte eine kurze Einführung in die Funktionsweise des Funkgerätes. Besonders viel Mühe gab er sich damit nicht.

„Die Geräte sind veraltet, ich sage Caleb schon lange, dass er in neuere investieren sollte." Shane seufzte genervt und gab mir deutlich zu verstehen, dass er eigentlich seine Ruhe wollte.

Also tat ich ihm den Gefallen, sobald ich das Gefühl hatte, halbwegs mit dem Funkgerät umgehen zu können.

4. Die Sage vom Schattental

Als der nächste Tag anbrach, herrschte allgemeine Aufregung. Abgesehen von Shane wusste niemand, was genau auf uns zukommen würde. Wir verstauten unseren Proviant, warfen die Taschen ins Fahrzeug und gingen zu den Pferden. Bethany hatte ihr Handy gezückt und lief damit zwischen den Vierbeinern herum. Alle bis auf Colin erkannten ihr Pferd wieder, also fing ich seinen gescheckten Wallach für ihn ein.

„Vielen Dank, Hanna. Woher wusstest du, welcher meiner ist? Die Schecken sehen doch fast alle gleich aus." Colin war wohl einer jener Menschen, die nicht auf die kleinen, liebenswerten Details bei einem Pferd achteten.

„Das ist mein Job", sagte ich nur.

Er griff nach dem Führstrick und berührte dabei wie zufällig meine Hand. Schnell wandte ich mich ab und ging zu Bonnie.

Es war wieder ein heißer Tag. Jeder hatte drei kleine Wasserflaschen und ein Lunchpaket in seiner Satteltasche. An Shanes Sattel war ein Jagdgewehr befestigt.

Der Ritt verlief ereignislos bis kurz vor der Mittagspause. Wir galoppierten gerade einen sandigen Weg entlang, als Donna plötzlich im Sattel nach rechts schwankte.

Ihr Steigbügel fiel zu Boden, offenbar war der Lederriemen gerissen.

„Stopp!", rief ich laut und sprang aus dem Sattel.

Donna hatte ihr Gleichgewicht wiedergefunden und sich auf ihrem hübschen Rappen zurechtgesetzt. Sie blickte fassungslos an ihrem rechten Bein hinunter. „Warum ist der Riemen kaputt?"

Das fragte ich mich auch. Bei einem Englischsattel konnte der dünne Steigbügelriemen aufgrund von Verschleiß oder mangelnder Pflege reißen, doch bei einem Westernsattel hatte ich das noch nie erlebt. Das Leder war an dieser Stelle etwa doppelt so breit wie bei einem Englischsattel. Darüber lag das Schweißblatt, der sogenannte Fender, und schützte den Riemen zusätzlich vor Regen und Abrieb.

Ich trat neben Rocket und drehte den Fender zur Seite. Ein winziges Stück des Steigbügelriemens war ausgefranst. Der wesentlich größere Teil zeigte eine saubere Schnittkante. Überrascht sog ich die Luft ein, während es in meinem Gehirn ratterte. Es sah aus, als hätte jemand absichtlich den Riemen manipuliert. Und zwar auf der rechten Seite, sodass die Gefahr bestand, dass Donna stürzen würde, wenn sie in einer schnellen Gangart ihr Gewicht in die Steigbügel verlagerte. Wäre es der linke gewesen, hätte er vermutlich bereits beim Aufsitzen nachgegeben.

Shane kam herbeigeritten und hielt seinen Wallach dicht neben Rocket an. Ungeduldig sah er zu mir hinunter. „Was ist passiert?"

„Schau es dir bitte selbst an, ich möchte keine voreiligen Schlüsse ziehen." Er warf mir einen verächtlichen Blick zu und saß ab.

Donna hatte inzwischen von oben die Schnittkante erspäht. „Jemand hat meinen Steigbügelriemen durchgeschnitten." Anklagend sah sie in die Runde.

„Stimmt", bestätigte Shane. Und etwas leiser an mich gewandt: „Hast du denn das Sattelzeug nicht kontrolliert?"

„Ich habe darauf geachtet, dass die Sättel richtig sitzen und die Bauchgurte festgezurrt sind. Nicht ob jemand einen Riemen angeschnitten hat", zischte ich.

Shane sah wohl ein, dass ihm das an dieser Stelle genauso wenig aufgefallen wäre. „Das ist mehr als nur ein dummer Streich. Donna hätte sich ernsthaft verletzen können, wenn sie im Galopp vom Pferd gefallen wäre. Zum Glück ist sie so eine hervorragende Reiterin."

Donna strahlte bei dem Kompliment.

Alle in der Gruppe sahen schockiert aus.

„Außerdem ist es Sachbeschädigung und ich möchte wissen, wer dafür verantwortlich ist!", rief Shane und ich merkte, dass er seine Wut nur mit Mühe zurückhielt.

War einer von Donnas Freunden wirklich zu so etwas in der Lage?

„Kannst du für den Rest des Tages ohne Steigbügel reiten oder möchtest du die Pferde tauschen?" Ich hielt es für meine Pflicht, das zu fragen.

„Danke, ich schaffe das. Rocket gebe ich nicht her, denn ich bin sicher, dass der – oder diejenige genau das erreichen wollte." Donnas Blick verharrte auf Bethany. Ein schlimmer Verdacht.

Shane teilte per Funk mit, dass wir einen Ersatzriemen brauchten, und sammelte den Steigbügel ein. Danach stiegen wir wieder auf und es ging weiter. Die dunkelhaarige Frau hielt sich auf dem temperamentvollen Rocket auch ohne zweiten Steigbügel perfekt. Hatte Bethany ernsthaft geplant, dass Donna stürzen und ihr das Pferd anschließend freiwillig überlassen würde?

Nach einem langen Tag im Sattel erreichten wir einen riesigen, eingezäunten Bereich, in dem einige Pferde zu sehen waren. Daneben befand sich eine kleine, leere Koppel, vermutlich für die Reitpferde. Josie und Shirley waren mit dem Transporter bereits eingetroffen. Die Gäste stöhnten mehr oder weniger laut, als sie abstiegen und mit steifen Beinen ihre Pferde absattelten.

Lex tätschelte seinen Appaloosa und wandte sich mir zu. „Kann ich euch etwas helfen?"

Selbst verschwitzt und staubig wirkte er unglaublich anziehend. Sein Lächeln war eine Mischung aus charmant und verwegen, die Augen blitzten voller Lebensfreude.

Shane ließ nicht zu, dass ich antwortete und schüttelte den Kopf. „Nein danke, du bist hier Gast."

Während die Gruppe bei erfrischenden Getränken beisammen saß, hieß es für Shane und mich Zelte aufbauen.

„Was denkst du, wer das mit dem Riemen gewesen ist?", fragte ich und bemühte mich, meine Gedanken von Lex wegzulenken.

„Bethany", erwiderte Shane wie aus der Pistole geschossen. „Sie wollte Rocket reiten und hat ihn nicht bekommen."

„Das kann sie doch nicht machen! Donna ist angeblich ihre Freundin."

„Ja, ich habe so etwas auch noch nie erlebt. Aber Frauen sollte man nicht unterschätzen", meinte er.

Wieder fiel mir dieser leichte Unmut in seiner Stimme auf. Ich sah ihn nachdenklich an.

„Los jetzt, das Zelt stellt sich nicht von selbst auf", trieb Shane mich zur Eile.

Das waren wirklich rosige Aussichten für den Sommer. Eine Gruppe, die sich gegenseitig das Leben schwer machte, und ein junger Cowboy, der mich nicht ausstehen konnte.

Als wir fertig waren, schleppte ich meine Tasche zum Zelt, legte mein Solarladegerät daneben und steckte mein Smartphone an. Schließlich wollte ich genügend Akku für schöne Fotos zur Verfügung haben.

Viele Stunden später saßen wir am Lagerfeuer. Josie und Shirley hatten sich bereits zum Schlafen zurückgezogen. Ich hätte mich ebenfalls gern in mein Zelt verkrochen und die Geschehnisse des Tages verarbeitet. Aber offenbar wurde erwartet, dass Shane und ich den Gästen Gesellschaft leisteten. Das Feuer knisterte und sorgte für eine wohlige Wärme. Colin saß neben mir, auf seiner anderen Seite hatte Bethany eilig Platz genommen. Merkte er nicht, wie sehr sie ihn anhimmelte? Oder interessierte er sich einfach nicht für sie?

„Was hast du für ein Gewehr dabei?", fragte Colin an Shane gewandt.

Die Augen des jungen Cowboys begannen zu leuchten und er holte die Waffe hervor. „Eine Winchester 94."

„Oh also ein echter Klassiker. Unterhebelrepetierer Kaliber .30-30? Ich überlege auch schon seit Längerem, mir so eine anzuschaffen." Colin streckte seine Hand aus und strich andächtig über den Lauf.

Shane schien gern darüber zu sprechen. „Sie ist wirklich praktisch, ich kann sie nur empfehlen."

Ich fand es immer noch befremdlich, dass hier einfach jeder ein Gewehr mit sich herumtragen konnte, doch richtiges Interesse hatte ich daran nicht. So lauschte ich nur mit halbem Ohr als Shane auf die Vorzüge und Handhabung der Winchester einging.

„Herrlich ist es hier, richtig romantisch", meinte Megan mit Blick in die Flammen und seufzte.

„Stimmt. Schade, dass dein Freund nicht mitkommen konnte. Oder freust du dich insgeheim über etwas Freiraum?" Bethany fixierte Megan und schien auf eine Antwort zu warten, doch die zuckte nur die Schultern.

„Ich würde jetzt gern eine Gruselgeschichte hören." Donna, die neben Shane saß, grinste ihn herausfordernd an und lenkte ihn so von dem Gespräch mit Colin ab. „Also, was ist mit dieser Sage um das Schattental? Etwas Unheimliches?"

„Ich soll euch nicht davon erzählen."

„Ach komm schon, sei kein Spielverderber. Wir verraten es niemandem." Die hübsche, dunkelhaarige Frau sah ihn mit einem bittenden Augenaufschlag an und schon konnte Shane nicht mehr widerstehen.

„Also gut. Vor vielen Jahren lebten in dieser Gegend zwei Brüder. Sie sahen sich selbst als eine Art Robin Hood, stahlen von den Reichen und gaben etwas davon den Armen. Sie waren geschickte Räuber und brachten sich und ihre Beute stets auf ihren schnellen Pferden in Sicherheit."

Megan lachte. „Ob Shotgun ein Nachkomme dieser Pferde ist?"

„Möglicherweise. Der Erzählung nach waren es aber Blauschimmel, so wie Stormy. Jedenfalls versteckten die Brüder ihre Beute mitten in der Wildnis – im Schattental. Irgendwann wurde es den reichen Bürgern zu bunt. Sie setzten ein hohes Kopfgeld aus und eine kleine Gruppe begab sich auf die Jagd nach den beiden."

„Sie wurden ermordet und nun sollen ihre Geister durchs Schattental spuken?", vermutete Colin und zog eine Augenbraue hoch.

„So ähnlich." Shane fuhr fort und die tanzenden Flammen des Feuers spiegelten sich in seinen grünen Augen. „John, der Jüngere, hatte genug vom Räuberleben. Er hatte sich mit seiner geliebten Joanne verlobt und wollte einer ehrlichen Arbeit nachgehen. Sein älterer Bruder Warren wollte nicht aufhören, doch allein weitermachen konnte er auch nicht. Er überredete seinen kleinen Bruder zu einem letzten Raubzug. Die Beute sollte John an einem regnerischen Tag allein im Schattental verstecken. Der befand sich gerade im Tal, als er seinen großen Bruder, gefolgt von den Jägern, auf dem schmalen Pfad herbeireiten sah. Er wusste sofort, dass er verraten worden war und dass er keine Fluchtmöglichkeit mehr hatte. Bevor ihn eine Kugel traf, verfluchte er seinen Bruder und alle, die auf dem Weg ins Schattental waren."

„Wie gemein, jemanden aus seiner Familie gegen Geld zu verraten", fand Samara und alle stimmten ihr zu.

„Und heute soll immer noch jeder verflucht sein, der ins Schattental möchte? Das erscheint mir sehr weit hergeholt." Colin hatte eine leicht überhebliche Miene aufgesetzt und blickte in die Runde.

Shane nickte. „Ich denke nicht, dass John das so gemeint hat, als er den Fluch ausstieß. Aber er hat sich erfüllt. Warren erhielt die Belohnung, doch er starb wenige Wochen später bei einem Reitunfall. Der Mann, der John erschoss, erlag einige Monate danach einer plötzlichen Krankheit. Auch den anderen, die ins Schattental geritten waren, passierten schlimme Dinge."

„Das war alles vor langer Zeit." Bethany lachte, sah aber trotzdem nervös über ihre Schulter.

„Das sagst du, trotzdem ist es auffällig. Damals ritten viele ins Tal, da einige wertvolle Stücke verschwunden blieben. Sie hofften, Reichtümer zu finden, aber mit ihnen passierten rätselhafte Dinge. Es sollte sogar einmal eine Straße durch das Tal gebaut werden, doch die Arbeiten wurden nach einem dramatischen Unfall eingestellt. Jetzt führt ein Schotterweg ins Tal hinein und nicht wieder hinaus. Auf diesem Weg werden übrigens Josie und Shirley mit dem Transporter kommen. Wir reiten von der anderen Seite über den Felsenpfad hinein. Wie damals die Jäger."

Annie, die bisher still und mit großen Augen gelauscht hatte, wandte sich besorgt an Shane. „Oh, ich glaube, es ist wirklich keine gute Idee, dorthin zu reiten."

„Meine Güte Annie, das ist nur eine alte Geschichte. Wahrscheinlich wird sie allen Gästen erzählt, um Spannung zu erzeugen", mutmaßte Lex.

Doch Annie schüttelte den Kopf. „Du glaubst daran, nicht wahr Shane?" Sie sah dem Cowboy direkt in die Augen.

Er nickte kaum merklich.

„Dann bist du eben etwas abergläubisch. Uns passiert schon nichts." Colin lachte.

„Das ist kein Aberglaube!", verteidigte sich Shane. „Caleb hatte seinen Unfall an dem Tag, als er beschlossen hat, dass die Route dieses Mal durch das Schattental führt. Zwei Tage nachdem der Pfad unserer üblichen Strecke bei einem Unwetter weggespült wurde. Es ist bereits Teil des Fluches, dass Hanna mit uns reitet."

Aha. So sah er mich also. Als Teil eines Fluches.

„Das war aber nicht nett. Wir sind alle froh, dass Hanna dabei ist, stimmts Leute?" Lex lächelte mir zu und mein Herz schlug sofort schneller.

„Der Herr ist gnädig ...", murmelte Annie, mehr zu sich selbst als in die Runde.

Verwirrt runzelte ich die Stirn.

Annie bemerkte es und lächelte leicht. „Eure Namen. John, Joanne, Hanna und Shane gehen ursprünglich auf

Johannes zurück. Der Name stammt aus der hebräischen Sprache. *Jochanan*, was so viel bedeutet wie *Der Herr ist gnädig.*"

Erstaunt sah ich sie an. „Was du alles weißt!"

„Annie weiß einfach alles." Bethany sagte das in einem Ton, von dem man nicht wusste, ob sie diese Behauptung positiv oder negativ meinte.

„Jedenfalls ist es vielleicht gar kein Fluch, dass Hanna hier ist, sondern eine Fügung des Herren. Das wollte Annie damit sagen, oder?" Colin grinste mich auf eine Weise an, die mich verlegen machte. Nur leider nicht auf eine so angenehme Art wie bei Lex.

„Das werden wir ja sehen." Bethany sah aus, als hätte sie in eine saure Zitrone gebissen.

Wenig später machten Megan und ich es uns im Zelt bequem.

„Was ist mit dir, Hanna? Glaubst du an den Fluch vom Schattental?" Die dunkelhaarige Frau sah mich gespannt an.

„Eigentlich nicht. Caleb hatte einen Unfall und irgendjemand hat Donnas Steigbügelriemen angeschnitten. Wie ist das mit eurer Clique eigentlich? Ich steige da nicht ganz durch."

Megan seufzte. „Wir Mädchen sind schon seit der Highschool befreundet. Die Männer sind nur dabei, weil Bethany ein Auge auf Colin geworfen hat. Und Lex als sein bester Kumpel kam eben mit." Sie zögerte. „Also wenn du Bethany nicht zur Feindin haben möchtest, lass besser die Finger von Colin."

„Du meinst, sonst bin ich die Nächste, der etwas durchgeschnitten wird? Ich habe übrigens kein Interesse an Colin."

„Gut." Megan trommelte mit dem Stift auf ihr Buch. „Ich glaube nicht, dass Bethany das mit dem Riemen war. Sie stichelt gern und kann manchmal echt anstrengend sein. Aber versuchte Körperverletzung ist eigentlich nicht ihr Stil."

„Was ist denn ihr Stil?"

„Sie lässt andere oft in einem schlechten Licht dastehen. Etwas Gefährliches hat sie noch nie gemacht."

„Und warum bist du mit ihr befreundet?"

Meine Zeltgenossin lächelte. „Wenn sie einen beachtet und deine Freundin sein möchte, fühlst du dich wie etwas Besonderes."

„So etwas hast du doch nicht nötig."

„Danke. Aber auf der Highschool sah ich das anders. Ich hatte eine Essstörung, weil ich unbedingt ein niedriges Gewicht haben und Jockey werden wollte. Aber ich wurde einfach zu groß für diesen Beruf. Bethany freundete sich mit mir an und half mir aus der Sucht heraus. Dafür stehe ich tief in ihrer Schuld."

„Okay, das verstehe ich irgendwie. Was ist mit den anderen?"

„Donna ist Bethanys Nachbarin, die beiden kennen sich seit dem Sandkasten. Ihre Eltern sind extrem wohlhabend und Bethany ging bei ihnen ein und aus wie eine zweite Tochter. Manchmal glaube ich, Bethany hätte sich Donnas Eltern gewünscht. Und Annie ist extrem klug.

Ohne ihre Hilfe bei sämtlichen Tests und Hausarbeiten hätten wir alle einen schlechteren Schulabschluss. Ich denke, Bethany hat uns bewusst ausgewählt. Mich, ein Mädchen, das ihre Hilfe brauchte und ihr ewig loyal zur Seite stehen würde. Annie, die Streberin, von deren Wissen sie profitieren konnte, ohne sich selbst übermäßig in der Schule anstrengen zu müssen. Und Donna, die ohnehin schon ihre Freundin war und deren Eltern praktischerweise über viel Geld und Einfluss verfügten. Ihre Kontakte haben uns oft Einlass in die begehrtesten Clubs ermöglicht. Seit Donna uns Colin in einer Disco vorgestellt hat und Bethany herausfand, wie vermögend seine Familie ist, ist sie verrückt nach ihm. Nichts beeindruckt Bethany so sehr wie Geld. Oder viele Follower."

„Und welche Rolle spielt Samara?"

„Samara ist ihr ebenbürtig. Sie ist im Abschlussjahr an unsere Schule gewechselt und war sofort beliebt. Bethany hat erkannt, dass sie ihre Anhänger an Samara verlieren könnte. Das wollte sie nicht riskieren, also nahm sie Samara in die Clique auf und vergrößerte damit den Kreis ihrer Bewunderer. Nun sind die beiden unzertrennlich."

„Hm. Wenn es Bethany nicht war, wer hat dann Donnas Ausrüstung manipuliert?"

„Keine Ahnung. Vielleicht jemand aus der vorherigen Gruppe? Oder das Leder war einfach alt?"

„Kann ich mir nicht vorstellen." Ich kuschelte mich in meinen Schlafsack und fröstelte. Dabei dachte ich an meine unkomplizierte Schulklasse und an meine Freundin Mila, der ich blind vertraute. Gut, die Beziehung mit

Jakob hatte meinen sozialen Status an der Schule verbessert, aber ich hatte darauf eigentlich nie Wert gelegt. In Amerika schien das ein größeres Thema zu sein. Die Frauen waren so eng befreundet, dass sie diesen Ritt zusammen machten, und gleichzeitig herrschte in der Clique großes Misstrauen. Das fand ich wirklich seltsam.

Der nächste Tag hatte begonnen und wieder brannte die Sonne von einem unendlichen, blauen Himmel. Jeder saß bereits im Sattel.

„Okay Leute, dort drinnen ist unsere Herde. Die Pferde haben sich über eine größere Fläche verteilt und müssen erst zusammengetrieben werden. Das erledigen Hanna, Colin, Donna, Megan und ich. Ihr anderen bleibt bitte hier und jemand öffnet das Tor, wenn wir da sind. In Ordnung?" Shane blickte in die Runde.

Alle nickten und er erklärte, wie er sich den Ablauf vorstellte. Wir würden uns in zwei Gruppen aufteilen, die vordere bei ihm, würde das Tempo vorgeben. Die hintere bei mir, sollte seitlich von der Herde und dahinter bleiben. Hinten bekamen wir die strenge Anweisung gut mitzudenken und die Herde auf keinen Fall zu treiben, wenn vorn gebremst wurde. Soweit also zur Theorie.

„Ich brauche Sporen. Stormy ist schrecklich faul." Bethany saß mit unzufriedener Miene auf dem Blauschimmel, der träge die Unterlippe hängen ließ.

Shane seufzte. „Leider habe ich keine bei mir. Ich hatte dich gewarnt, dass Stormy nicht der Schnellste ist. Mit manchen Reitern läuft er allerdings zur Höchstform auf."

Die blonde Frau starrte ihn an. Zum zweiten Mal hatte sie nicht bekommen, was sie wollte.

Da meldete sich Annie überraschenderweise zu Wort. „Wenn du möchtest, können wir die Pferde tauschen. Ich nehme Stormy gern und bleibe dann einfach hinten bei Hanna."

Bethany strahlte und saß ab. Sie ließ den Blauschimmel einfach stehen und übernahm die Zügel von Annies Stute Cookie.

„Gut, während wir die Herde zusammentreiben, könnt ihr eure Steigbügel auf die richtige Länge einstellen", schlug Shane vor und öffnete das Gatter. Wir verteilten uns und schafften es in relativ kurzer Zeit, alle zweiundvierzig Pferde zu versammeln. Bonnie erwies sich als wunderbare Partnerin und ließ sich locker mit einer Hand, Gewichts- und Schenkelhilfen reiten. Ein frecher, schwarzer Jährling wollte entwischen, doch die braune Stute warf sich blitzschnell herum und brachte ihn wieder auf Kurs. Shane warf mir einen Blick zu, der beinahe so etwas wie Anerkennung ausdrückte.

Colin pfiff durch die Zähne. „He, du bist ja ein waschechtes Cowgirl!"

Lex öffnete das Tor und wir trieben die Pferde im Schritt hindurch. Nachdem es wieder verschlossen war, bewegte sich Shane mit seiner Gruppe gemächlich an die Spitze der Herde und wir anderen verteilten uns seitlich und dahinter. Wir erreichten eine weitläufige Ebene. Kein Baum und kein Hügel waren zu sehen. Shane schwenkte seinen Hut und ließ Chex angaloppieren. Die anderen

Pferde folgten ihm und innerhalb kürzester Zeit erreichten wir ein Wahnsinnstempo. Mir flog jede Menge Staub ins Gesicht, Bonnie streckte sich unter mir und ich lachte vor Begeisterung auf. Was für ein unglaubliches Gefühl! So viele donnernde Pferdehufe und nichts als Prärie und Pferde bis zum Horizont.

Annie ritt auf Stormy vor mir. Der Wallach hielt mühelos das Tempo der Herde.

„Ist das nicht herrlich?", rief ich.

Sie warf mir ein kurzes, angespanntes Lächeln über die Schulter zu. „Doch! Ich weiß auch gar nicht, was Bethany hatte. Stormy läuft richtig schnell."

„Stimmt. Er scheint dich zu mögen. Shane sagte ja, dass er beim richtigen Reiter alles gibt."

Annie lächelte erfreut und entspannte sich etwas.

Auf Bonnie war das hohe Tempo kaum anstrengend zu reiten. Lex und Colin galoppierten auf der linken Seite der Herde, beide einhändig und lässig im Sattel sitzend. Bethany und Samara ritten auf der anderen Seite. Die beiden waren wohl weniger geübte Reiterinnen und hatten alle Hände voll zu tun. Donna und Megan waren vorn bei Shane und für mich sehr schlecht zu sehen.

Ohne Vorwarnung änderte eine hellbraune Stute die Richtung und Samara wollte sie zurücktreiben. Die Stute schlug aus und traf die junge Frau am Bein. Ihr Pferd versuchte noch auszuweichen, dabei verlor Samara das Gleichgewicht und fiel hart auf den trockenen Boden. Ein kalter Schauer lief meinen Rücken hinunter. Gerade noch war alles wunderbar gelaufen. Was sollte ich jetzt tun?

„Hört auf zu treiben! Und sagt Shane Bescheid!",
schrie ich. Während ich Bonnie bremste und aus dem
Sattel sprang, bekam ich noch mit, wie Colin seinen Schecken antrieb, um zu Shane aufzuschließen.

„Samara, wie schlimm ist es?" Besorgt beugte ich mich
zu ihr hinunter. Sie war zum Glück nicht bewusstlos und
hatte ihren Oberkörper bereits aufgerichtet.

„Nichts gebrochen, das geht gleich wieder!", krächzte
sie mühsam.

Ich reichte ihr eine Wasserflasche und sie trank in
kleinen Schlucken.

„Zeig mal her", bat ich, obwohl ich keine Ahnung hatte, was ich dann tun sollte. Vielleicht war es wirklich un-
klug, mich als eine von zwei verantwortlichen Personen,
auf einen solchen Ritt zu schicken. Samara gehorchte und
krempelte ihre Reithose mit schmerzverzerrtem Gesicht
nach oben. Die Stute hatte sie am Schienbein erwischt,
Blut lief aus einer kleinen Wunde.

„Ist dir übel? Kannst du den Fuß belasten?"

Sie biss die Zähne zusammen und stand vorsichtig
auf. Das Bein trug sie und ihre Gesichtsfarbe sah normal
aus. Kurz darauf hatten sich Bethany, Lex und Shane um
uns versammelt. Ich war heilfroh, die Verantwortung
teilen zu können.

Rasch erklärte ich Shane, was geschehen war, und er
führte einige Tests durch.

„Sieht nicht gebrochen aus. Was meinst du?" Shane
wandte sich an Lex, der am ersten Abend erzählt hatte,
dass er Medizin studierte.

Er betastete nun ebenfalls Samaras Schienbein.

„Nein, ich denke nicht. Ich würde den Fuß verbinden und Samara eine Schmerztablette geben."

Rasch kramte ich Tablette, Desinfektionsmittel, Verband und eine Wundsalbe heraus und versorgte mit Lex die Wunde. Unsere Hände streiften sich dabei mehrmals und ich genoss das warme Kribbeln, das die Berührungen in mir auslösten. Lex war nett und hatte Ahnung von dem, was er tat.

„Danke euch beiden." Samara zog ihre Reithose wieder über den Verband.

„Kannst du weiterreiten?", erkundigte sich Shane.

Die junge Frau nickte zuversichtlich. „Ja, falls jemand mein Reittier herbringen kann."

Einen winzigen Moment lang lächelten Shane und ich uns erleichtert an. Dann legte sich ein Schatten über sein Gesicht. Er dachte an den Fluch, da war ich mir ganz sicher. Colin hatte Samaras Pferd eingefangen und brachte es direkt vor ihr zum Stehen.

„Stets zu Diensten!" Grinsend überreichte er ihr die Zügel und Shane half Samara in den Sattel. Wir sahen erwartungsvoll zu ihr auf.

„Alles in Ordnung." Sie ließ ihren Fuchs antreten, um uns zu beweisen, dass es weitergehen konnte.

Wieder im Sattel und am Ende der Herde blieb ich stets in der Nähe von Samara.

Wann immer uns Shane eine Schrittpause gönnte, trank ich. Beide Zügel loszulassen, um die Flasche aus meiner Satteltasche zu kramen, traute ich mich zu Hause nur bei Trixie. Hier war es selbstverständlich. Auch wenn ein Pferd einige Hundert Meter durchgehen würde, es wäre völlig egal. In Deutschland könnte es in einer Katastrophe enden. Mein Heimatland erschien mir plötzlich unheimlich klein und beengt.

Ich hatte damit gerechnet, dass wir zur Mittagspause einen bestimmten Ort erreichen würden. Vielleicht mit Bäumen und einer sprudelnden Quelle, doch so war es nicht. Shane stoppte mitten in der Prärie und saß ab. Keines der Pferde unternahm den Versuch abzuhauen. Sie nutzten die Pause und zupften an der spärlichen Vegetation oder entlasteten ein Hinterbein, um zu dösen. Jet verkroch sich halbherzig unter einem Salbeibusch und hechelte. Wir lockerten die Sattelgurte und kramten den Proviant aus unseren Satteltaschen. Es gab keine Steine oder Baumstämme, auf die wir uns setzen konnten, also ließ sich jeder einfach auf den staubigen Boden fallen. Die Gäste bildeten dabei einen Kreis. Shane ließ sich ein Stück entfernt nieder. Dankbar strich ich über Bonnies Nase und war unschlüssig, zu wem ich mich gesellen sollte. Bestimmt würde es seltsam aussehen, wenn ich Shane allein sitzen ließ. Also ging ich mit etwas steifen Beinen zu ihm hinüber.

„Wie gefällt es dir?" Das war das Freundlichste, was er bisher zu mir gesagt hatte.

Ich suchte nach den richtigen Worten. „Wirklich gut! Die Landschaft und die Pferde sind einfach fantastisch!"

„Ja, das stimmt."

Hungrig biss ich in mein Sandwich. „Shane?"

„Mhm?"

„Was machen wir, wenn etwas Schlimmes passiert? Kommt dann ein Hubschrauber?"

Er nickte. „Ja, wenn sich jemand schwer verletzt, ist eine Rettung aus der Luft das Vernünftigste. Wenn ein Gast bloß nicht mehr reiten kann, habe ich die Möglichkeit über Funk einen Kumpel zu verständigen. Er besitzt ein Anwesen in der Nähe der Red Elm Ranch und kann jemanden mit dem Quad oder dem Pick-up abholen. Aber das würde eine Weile dauern."

„Und was ist, wenn einem der Pferde etwas geschieht? Wenn es zum Beispiel in ein Loch tritt? Wir reiten in irrsinniger Geschwindigkeit über teilweise sehr unebenen Boden."

Shane legte beruhigend eine Hand auf mein Knie. Die vertraute Geste verwunderte mich, doch ich sagte nichts.

„Die Pferde werden von klein auf daran gewöhnt. Schon als Fohlen laufen sie über diese Böden. Sie treten nicht in Löcher", versicherte er mir.

Noch immer war ich nicht überzeugt. „Echt? Niemals? In Deutschland reite ich fast nie so schnell."

Shane seufzte. „Theoretisch kann immer etwas passieren. Ich habe es bisher nur einmal erlebt, dass ein Pferd sich ein Bein gebrochen hat, als es in ein tiefes Loch trat. Dann kann man nichts mehr dafür tun."

Mein Blick glitt zu dem Gewehr, das seitlich an Shanes Sattel befestigt war.

Der junge Mann nickte. Dabei wurde ihm offenbar bewusst, wo seine Hand lag, und er zog sie rasch weg.

„Shane, Hanna, kommt zu uns!", rief Samara, die sich wohl von den größten Strapazen erholt hatte.

„Na ihr beiden, was gab es zu flüstern?" Bethany grinste zu uns hinauf. Sie und Samara hatten ihre Blusen jeweils über ihren Bauchnabeln zusammengeknotet.

„Komm schon Bethany, lass es!" Megan verdrehte die Augen und warf mir einen entschuldigenden Blick zu.

Shane lachte nur und quetschte sich zwischen die bauchfreien jungen Frauen. „Hanna und ich hatten etwas Organisatorisches zu besprechen. Jetzt sind wir ganz für euch da. Kann ich irgendetwas für euch tun?"

Wir mussten alle lachen und die beiden genossen die Aufmerksamkeit sichtlich. Samaras Bein ging es soweit gut, die Tablette wirkte.

Zufällig war ich neben Lex gelandet, der mich in ein Gespräch über unsere Pferde in Deutschland verwickelte.

„Hast du Heimweh oder kannst du es gut mit uns aushalten?", wollte er wissen.

Ich horchte kurz in mich hinein. Sicher, ich vermisste meine Familie, Trixie und Mila. Wie Heimweh fühlte es sich aber nicht an.

„Hier ist es viel zu schön, um sich an einen anderen Ort zu wünschen", erwiderte ich und lächelte.

Bethany stand auf und holte ein kleines Fläschchen mit Sonnencreme aus ihrer Satteltasche. „Die Sonne ist unglaublich hier draußen. Könnte mir bitte jemand das Genick eincremen?" Sie sah dabei nur Colin an, doch der machte keine Anstalten.

Shane sprang auf und tat ihr den Gefallen.

„Vielen Dank, Shane!", flötete sie. „Sonst noch jemand? Annie, bei deiner hellen Haut würde es auch nicht schaden."

Die blonde Frau nickte und griff nach der Creme.

Und dann ging es auch schon weiter. Wir waren noch nicht weit geritten, da bat Annie um eine Pause, weil sie zur Toilette musste. Ich war etwas genervt, schließlich hatten wir gerade Pause gemacht. Annie war es sehr unangenehm und ich zweifelte nicht an der Dringlichkeit ihres Anliegens. Also stoppten wir die ganze Herde und Annie zog sich hinter einen Salbeibusch zurück. Das wiederholte sich noch dreimal. Shane gab ihr schließlich Durchfallkapseln aus seiner Erste-Hilfe-Ausrüstung.

Bereits am frühen Nachmittag war meine letzte Wasserflasche leer, meine Lippen und mein Gesicht brannten und leichter Schwindel erfasste mich. Morgen musste ich mir das Wasser unbedingt besser einteilen.

Alle freuten sich, als wir eine Baumgruppe erreichten, die das Ufer eines Baches säumte. Das glänzende Dach des Transporters versprach Essen, Trinken und einen Platz für die Nacht. Wir hatten es geschafft! Der erste Tag mit der Herde war vorbei.

Mit lautem Platschen durchquerten wir den Bach und Shane wies uns an, die Pferde trinken zu lassen. Bonnie wollte nicht, und damit war sie nicht allein. Rasch sattelten wir die Pferde ab und kontrollierten die Hufe. Einige wälzten sich und trotteten dann gemütlich zum Bach.

Tante Josie und Shirley hatten bereits Heuhaufen verteilt. Erleichtert sah ich, dass auch Bonnie endlich ihr

Maul in das kühle Nass steckte. Josie kam mit einer Flasche Wasser und einem breiten Lächeln auf mich zu.

„Na, Cowgirl, wie war es?", fragte sie gespannt.

„Einfach unbeschreiblich!"

5. Unbekanntes Terrain

Die Gäste nahmen auf Campingstühlen Platz, Shane und ich bauten die Zelte auf. Während ich die letzten Heringe in den Boden klopfte, dachte ich für einen kurzen Moment an Jakob. Was er und Selina wohl gerade taten? Sicher sonnten sie sich ausgiebig am Strand oder spielten Bier-Pong.

„Wie war es, den ganzen Tag lang hinten zu reiten?", fragte Shane.

„Staubig", brummte ich und erhob mich.

„Zeit für ein Bad, sonst nimmst du den Schmutz mit ins Zelt", rief er. Im nächsten Moment hob er mich mühelos hoch und rannte mit mir zum nahe gelegenen Bach.

Mit einem lauten Platschen landete ich in meiner kompletten Reitmontur im Wasser.

„Du Vollidiot!", kreischte ich und versuchte, festen Boden unter die Füße zu bekommen. Aufgeschreckt durch mein Geschrei kamen auch die anderen. Lex und Colin erfassten die Situation sofort und schubsten Shane ins Wasser. Nun strampelte er neben mir und machte dabei keine elegantere Figur als ich. Dankbar lächelte ich zu den beiden anderen jungen Männern hinauf.

Shane streifte sein T-Shirt ab und warf es ans Ufer.

Damit gab er den Blick auf seinen, zugegebenermaßen gut trainierten, Oberkörper frei. Die Mädchen pfiffen anerkennend und Shane lachte.

„Das bekommst du zurück", zischte ich und balancierte in durchnässter Kleidung über die glitschigen Steine, um mich meiner Schuhe und Reitklamotten zu entledigen. Ich wollte keine Spielverderberin sein, denn die anderen hatten sich inzwischen zu uns ins Wasser gesellt und spritzten vergnügt herum. Dass ich Lex endlich nur in Badehosen sah, hob meine Stimmung beträchtlich. Außerdem fühlte sich die Abkühlung tatsächlich himmlisch an.

Wenig später saßen wir um ein knisterndes Lagerfeuer und aßen die besten Burger, die ich je bekommen hatte.

„Gibt es hier eigentlich noch wilde Pferde?", erkundigte sich Samara zwischen zwei Bissen.

Josie öffnete den Mund, um zu antworten, aber Annie war schneller.

„Ja, in Wyoming leben relativ viele Wildpferde. Mustangs, also Pferde, die mit den spanischen Eroberern nach Amerika kamen und dann verwilderten. Der Name leitet sich aus dem spanischen Wort *Mestengo* ab, das man mit *Vagabund* oder *Fremder* übersetzen könnte. Eine ziemlich bekannte Herde lebt in den Pryor Mountains."

„Wow, warum klingt bei dir eigentlich immer alles, als würdest du es direkt aus einem Lexikon vorlesen?" Colin wirkte beeindruckt und genervt zugleich.

„Es ist doch nichts Schlechtes, dass Annie Ahnung von Pferden hat. Sie braucht wenigstens niemanden, der ihr

Pferd für sie einfängt", meinte Megan und spielte damit auf Colins Probleme an, sein Pferd zu identifizieren.

Der junge Mann runzelte die Stirn, wagte aber nicht, Megan zu widersprechen. „Wie auch immer, werden wir wilden Mustangs auf unserem Ritt begegnen?"

Ich horchte auf. Einmal im Leben echte Wildpferde zu sehen, wäre natürlich ein unvergessliches Erlebnis.

Zur allgemeinen Enttäuschung schüttelte Shane den Kopf. „Das ist sehr unwahrscheinlich. Ich habe selbst erst zweimal Pferde in freier Wildbahn angetroffen."

Josie und Shirley verschwanden kurz darauf im Schlafbereich des Transporters und wir Reiter waren unter uns.

„Zeit für S'Mores!", rief Shane und sprang auf.

„Was für Zeug?" Ich sah verständnislos in die Runde, erntete aber nur fassungslose Blicke.

„S'Mores. Sag bloß, du kennst das nicht. Habt ihr keine Kindheit in Deutschland?" Donna sah ehrlich schockiert aus. Was auch immer S'Mores sein mochten, in Donnas Leben waren sie offenbar ein fester Bestandteil.

„Hanna ist auch ohne dieses klebrige Zeug verdammt süß geworden", meinte Lex und grinste mir über das Feuer hinweg zu.

Samara verdrehte die Augen. „Hör auf, Hanna schöne Augen zu machen! Du bist verheiratet Lex, vergiss das nicht!"

Verheiratet? Lex widersprach nicht und mein Blick glitt automatisch zu seinen Händen. Tatsächlich, dort war ein goldener Ring am Finger. Wie konnte er eine Ehefrau haben und mich trotzdem auf diese Weise ansehen? Warum musste ausgerechnet er verheiratet sein? Sofort versuchte ich mir vorzustellen, was für ein Mensch seine Frau wohl war. Saß sie nichts ahnend in Kentucky und vertraute ihrem Mann, der mit seinem Kumpel und fünf Freundinnen unterwegs war? Etwas wehmütig ruhte mein Blick auf Lex. Es passte einfach nicht zu seinem Benehmen und seiner Ausstrahlung, dass er bereits in festen Händen war. Offenbar konnte ich Menschen wirklich schlecht einschätzen. Doch obwohl ich das nun von ihm wusste, gefiel er mir nicht weniger gut.

„Ich sorge für ein großartiges, erstes S'More-Erlebnis", versprach Colin und lenkte meine Aufmerksamkeit auf sich. Schon wieder saß er neben mir. Mit ritterlicher Geste steckte er ein Marshmallow auf einen Stock.

Ich war immer noch geschockt von der Neuigkeit und sah ausdruckslos zu Colin. „Marshmallows? Die haben wir in Deutschland auch."

„Nicht nur. Warte es einfach ab." Er röstete die klebrige Süßigkeit durch ständiges Drehen. Ich kam mir ziemlich blöd vor, weil ich als Einzige nicht wusste, was mich erwartete. Colin stand auf und ging zum Tisch. Dann kam er mit dem Marshmallow zurück, das nun mit einer Schokoladenscheibe bedeckt und zwischen zwei Keksen eingeklemmt war. So sah es aus wie ein sehr zuckerhaltiges Sandwich.

Angewidert verzog ich das Gesicht. Doch alle sahen mich so erwartungsvoll an, dass ich einfach hineinbeißen musste. Unwillkürlich dachte ich an meinen nächsten

Zahnarztbesuch, der kurz nach den Sommerferien anstand. Es schmeckte entgegen meinen Erwartungen total lecker und ich nickte Colin anerkennend zu. „Danke! Ein perfektes, erstes Mal."

Die Gruppe lachte schallend. Hatte ich das gerade wirklich gesagt? Mit hochrotem Kopf steckte ich mir selbst ein Marshmallow auf einen Stock. Über das Feuer hinweg begegnete ich Bethanys Blick. Sie sah aus, als würde sie am liebsten mich über den Flammen rösten.

Dass Colin genau in diesem Moment seinen freien Arm um mich legte, machte die Sache nicht besser. Wie sollte ich reagieren? Ihm vor allen anderen erklären, dass ich nichts mit einem Gast anfangen durfte? Ich fühlte mich mehr als unwohl. Seine Hand rutschte immer tiefer und damit war für mich definitiv eine Grenze erreicht. Abrupt stand ich auf und zog meinen Stock aus dem Feuer.

„Ich kontrolliere die Pferde", murmelte ich, stopfte mir mein halbfertiges Marshmallow in den Mund und verbrannte mir höllisch die Zunge. Verdammt.

Colin machte Anstalten aufzustehen, doch da war Shane schon neben mir. „Das wollte ich auch gerade tun, also begleite ich dich", erklärte er. Etwas in seinem Tonfall ließ keinen Zweifel daran, dass er keine weitere Gesellschaft wünschte.

Shane und ich gingen zwischen den Zelten hindurch. Unsere Reitpferde zupften gemütlich Gras. Alle sahen gut und zufrieden aus. Langsam gingen wir auf den Hügel zu, hinter dem wir die Herde gelassen hatten.

„Du solltest das mit Colin besser lassen. Flirts zwischen Betreuern und Gästen sind nicht gern gesehen. Dich würde es zwar vielleicht nicht den Job kosten, weil du ja die Nichte der Chefin bist, aber Bethany sieht aus, als würde sie dich am liebsten töten", sagte Shane eindringlich, als wir außer Hörweite waren. Ihm waren ihre Blicke also auch aufgefallen.

„Ich flirte doch gar nicht. Das geht alles von Colin aus", verteidigte ich mich.

„Ach komm schon, Hanna! Danke für ein perfektes, erstes Mal?"

„So war das nicht gemeint. Ich kenne die Regeln. Aber Colin macht mich einfach nervös," gab ich zu und hob hilflos die Hände.

Der junge Cowboy sah mich nachdenklich an. „Wir sollten bei dieser Gruppe vorsichtig sein."

„Weil wir ins Schattental reiten?"

„Ja, aber nicht nur. Irgendetwas stimmt mit diesen Leuten nicht. Erst die Sache mit Donna, dann Samaras Unfall und schließlich Annies Magen-Darm-Geschichte. Ich bin mir sicher, dass ihr jemand etwas Durchfallauslösendes verabreicht hat."

Erschrocken sah ich ihn an. Dieser Gedanke war mir noch gar nicht gekommen, doch ich war bereit, ihn in Erwägung zu ziehen. „Aber der Tritt, den Samara abbekommen hat, war garantiert ein Unfall. Ich habe es gesehen. Und warum sollte Annie jemand Durchfall wünschen? Sie hat niemanden etwas getan. Im Gegenteil, sie hat sogar das Pferd mit Bethany getauscht."

„Ja. Und Stormy läuft bei ihr deutlich besser, was Bethany nicht so gut dastehen lässt."

So hatte ich es noch nicht betrachtet.

„Ich bin froh, dass du anders bist als diese Mädchen, Hanna. Es ist verdammt mutig in deinem Alter allein hierherzukommen und dich auf so etwas einzulassen", meinte Shane, während wir den Hügel erklommen.

„Hör auf, so zu tun, als hätten wir einen so großen Altersunterschied. Wie alt bist du überhaupt?"

„Einundzwanzig."

„Aha. Also gar nicht so viel älter." Ich lächelte zu ihm hinüber, was er in der Dämmerung wahrscheinlich nicht sehen konnte. Der Anblick, der sich uns oben auf dem Hügel bot, war ein einzigartiges Erlebnis. Noch nie hatte ich einen so weiten Himmel mit so vielen, hellen Sternen gesehen. Darunter konnten wir schemenhaft die Schatten der Pferde erahnen.

„Wow, das ist wunderschön", hauchte ich ehrfürchtig. Shane stand so nahe bei mir, dass ich die Wärme, die von ihm ausging, spürte. Was Colin in dieser Situation getan hätte, konnte ich mir lebhaft vorstellen.

„Alles friedlich. Wir können wieder zurückgehen." Shane wandte sich ab. Kurz bevor wir die anderen erreichten, stolperte ich über einen großen Stein. Shane fing mich auf und hielt mich einen Moment lang fest.

„Nach den Pferden sehen. So nennt ihr das also." Samara hatte uns entdeckt und interpretierte die Situation falsch. Ich wollte mich gerade losmachen, doch Shane lockerte seinen Griff nicht.

„Spiel mit", raunte er und legte seinen Arm um meine Schultern. So gingen wir zum Feuer zurück.

Colin sah überrascht aus und mein Blick zuckte zu Bethany. Sie wirkte zufrieden und schenkte mir ein aufrichtig wirkendes Lächeln.

Mir blieb nichts anderes übrig, als mich neben Shane zu setzen. Ich lächelte zu ihm hinauf und er erwiderte meinen Blick. Offenbar hatte er eine einfache Lösung gefunden, um die Situation zwischen Colin, Bethany und mir vorerst zu entschärfen. Nur Lex sah mich beinahe belustigt an. Er hatte Shanes Plan durchschaut, da war ich mir ganz sicher.

Megan und ich gingen gleichzeitig zum Zelt und schlüpften in unsere Schlafsäcke.

„Bleibst du die ganze Nacht oder schleichst du dich später hinaus zu Shane?", fragte sie und grinste mir im Licht ihrer Handytaschenlampe zu.

„Natürlich bleibe ich hier."

„Dann war das nur ein Trick, damit Colin dich endlich in Ruhe lässt?"

„Ganz genau. Ich verstehe überhaupt nicht, was er eigentlich von mir möchte. Ich darf nichts mit einem Gast anfangen. Und Bethany wäre bestimmt glücklich, wenn er ihr diese Aufmerksamkeit schenken würde."

„Hm, vielleicht gefällst du ihm einfach besser. Ich würde das verstehen", murmelte sie und lächelte.

Wie sie das wohl meinte?

„Bist du mit deinem Freund schon lange zusammen?", fragte ich und wechselte damit das Thema.

Megan seufzte. „Vier Jahre. Um ehrlich zu sein, lief es schon besser zwischen uns. Er möchte bald heiraten und eine Familie gründen."

„Und das willst du nicht?"

„Doch. Aber ich würde vorher noch gern so vieles erleben und ausprobieren. Auf jeden Fall muss ich mein Studium beenden, bevor ich Kinder bekomme."

Ich nickte verständnisvoll. „Ja, das klingt vernünftig."

Megan zuckte mit den Schultern. „Wie auch immer, wir sollten jetzt schlafen."

Obwohl ich hundemüde war, schaffte ich es nicht, einzuschlafen. Unruhig wälzte ich mich in meinem Schlafsack hin und her. Der Tag war so voller Eindrücke gewesen, dass ich einfach nicht abschalten konnte. Megan hatte damit weniger Probleme und lag bald seelenruhig in ihrem Schlafsack. Der Mond leuchtete hell und ich konnte ihre Konturen noch immer erkennen. Die Zelte waren relativ klein und wir lagen dicht beisammen. Ich zwang mich, still liegen zu bleiben und ruhig zu atmen. Da schlug Megan ihre Augen wieder auf. Es schien, als würde ihr in diesem Moment auch bewusst, wie nah wir uns waren. Doch anstatt sich umzudrehen, rückte sie zu meiner Überraschung näher. Ich hatte das seltsame Gefühl, gleichzeitig hellwach und in Trance zu sein und wagte kaum zu atmen. Megan sagte nichts, streckte jedoch ihre Hand aus und fuhr mit dem Zeigefinger über meine Augenbrauen, meine Lippen und dann langsam hinunter bis zum Kinn. Dort verharrte ihr Finger und sie küsste mich. Es war anders, als von einem Jungen geküsst zu werden, weicher und beinahe aufregender, weil es sich so ungewohnt anfühlte. Wir küssten uns nicht lange, dann zog Megan ihren Kopf zurück.

„Oh Gott, tut mir leid, Hanna! Das war ...“

„Nein, schon gut, du musst dich nicht entschuldigen.“

Wir sahen uns eine Weile unschlüssig an.

„Eigentlich stehe ich nicht auf Frauen“, meinte Megan schließlich.

„Ich auch nicht“, sagte ich eilig.

Sie hob hilflos die Schultern. „Aber du gefällst mir irgendwie. Außerdem war es eines der Dinge, die ich ausprobieren wollte, bevor ich einer Verlobung zustimme.“ Megan sah jetzt richtig zerknirscht aus. „Ich hoffe, du fühlst dich nicht ausgenutzt.“

„Nein, es ist alles in Ordnung. Wirklich!“ Plötzlich fiel die Spannung von mir ab. Ich war froh, dass ich diese Erfahrung hatte machen dürfen.

Sie sah erleichtert aus und das Grübchen neben ihrem Mund wurde wieder sichtbar. „Also sind wir einfach Freundinnen? Und tun so, als ob das nie passiert wäre?“

„Abgemacht. Ich bereue es nicht, aber meine Tante wäre nicht so begeistert, wenn ich mich gleich über eine ihrer Vorschriften hinwegsetze.“

Zum ersten Mal, seit ich hier war, sehnte ich mich nach einem Gespräch mit Mila. Ich konnte es kaum erwarten, ihr davon zu erzählen. Andererseits ... Wäre das eine gute Idee? Oder war es möglich, dass es irgendetwas zwischen uns verändern könnte? Würde Mila möglicherweise denken, dass ich ähnliche Gefühle für sie hegte?

Dabei hatte ich mich noch nie in meinem Leben zu einem anderen Mädchen hingezogen gefühlt.

Irgendwann schlief ich wohl ein und wachte erst durch Josies Frühstücksglocke auf. Noch im Zelt kramten Megan und ich nach Klamotten und zogen uns an. Die Geschehnisse der letzten Nacht fühlten sich unwirklicher an als mancher Traum. Wir verloren kein Wort darüber.

Shirley stand bereits am wieder entflammten Lagerfeuer und briet eine Unmenge an Eiern.

„Hat jemand Bethany gesehen?", fragte Samara, während sie sich nervös und humpelnd umsah.

Ich blickte suchend umher. „Nein. Wann hat sie das Zelt verlassen?"

Samara zuckte hilflos die Schultern. „Keine Ahnung."

„Okay, sie wird ja hoffentlich nicht allzu weit weg sein. Wir suchen sie!", ordnete Shane an und warf mir einen alarmierten Blick zu.

Ich ging in Richtung Hügel, definitiv der Ort, den ich mir für einen Morgenspaziergang ausgesucht hätte. Oben angekommen fröstelte ich. Der Morgenwind war kühler als erwartet. Ich blickte hinunter in die Talsenke. Keine Bethany. Überhaupt nichts bewegte sich dort unten, wo gestern Abend noch über vierzig Pferde gegrast hatten. Mit den Augen suchte ich die Umgebung ab, doch außer Vögeln sah ich kein einziges Lebewesen. Eilig lief ich zurück zum Camp. Die Reitpferde streiften zum Glück wie gestern zwischen den Zelten umher.

Lex und Colin hatten Bethany inzwischen gefunden. Sie war ein Stück den Bach hinaufgegangen und hatte sich einen Fuß verstaucht. Jetzt saß sie auf einem Campingstuhl und beteuerte, wie leid ihr alles täte.

„Ich wollte nur einen kleinen Spaziergang machen und dabei bin ich ausgerutscht", jammerte sie.

„Nun ja, jetzt müssen wir das Beste daraus machen", meinte Shirley mit ihrer unkomplizierten Art. „Ich werde deinen Knöchel verbinden und gebe dir eine Salbe. Möchtest du mit den anderen reiten oder lieber einen Tag bei uns mitfahren?"

„Nein, ich reite mit den anderen", erklärte Bethany tapfer und sah Beifall heischend in die Runde.

„Wir haben da noch ein anderes Problem", begann ich. „Die Herde ist verschwunden."

„Wie verschwunden?" Shane starrte mich an.

„Die Pferde sind weg. Zumindest konnte ich sie nirgends in der Talsenke entdecken."

„Verflucht." Er raufte sich die Haare. „Okay, wir satteln auf und reiten ins Tal hinein", ordnete Shane an. „Ich glaube kaum, dass die Herde in die Hügel gelaufen ist. Außerdem nehmen Josie und Shirley ohnehin die Straße durch die Berge und melden sich, falls sie die Pferde sehen sollten."

In Windeseile frühstückten wir, verstauten die Zelte und sattelten die Pferde. Bethany biss die Zähne zusammen und ließ sich von Shane auf Cookie helfen. Wir durchquerten das Tal und entdeckten bald zahlreiche Hufspuren.

„Warum sind sie nur weggelaufen?", fragte Annie atemlos. Laut Josie war das noch nie vorgekommen, also zuckte ich nur unwissend die Schultern. Nach einer Weile offenbarte sich uns der Grund auf grausame Weise. Vor uns lag ein totes, schwarz-weißes Fohlen.

„Oh mein Gott!" Langsam ritt ich neben Shane.

Bonnie wollte instinktiv nicht zu nahe an den toten, kleinen Körper herangehen.

Eine Welle des Mitleids überkam mich. Dieses arme Tier war in der Nacht ums Leben gekommen, während ich mit Megan geknutscht hatte.

„Das war ein Puma. Verdammt!" Shane biss sich auf die Lippen und blickte in die Runde. „Tut mir leid Leute, das ist kein schöner Anblick. Leider können wir hier nichts mehr tun. Dieser Puma muss wirklich Hunger gehabt haben, wenn er so nahe an unser Camp gekommen ist. Und offenbar hatte er nicht die nötige Ruhe um viel zu Fressen oder um seine Beute mitzunehmen."

Bethany, die sich in der Morgendämmerung allein vom Camp entfernt hatte, erschauderte. „Ich … ich wusste nicht, dass es hier Pumas gibt", stotterte sie.

Lex warf ihr einen genervten Blick zu. „Wir sind hier in Wyoming. Natürlich gibt es hier Pumas! Übrigens auch Bären und Elche. Also bleib bei deinen Spaziergängen in Zukunft besser zwischen den Zelten."

„Woher weißt du welches Tier dieses Fohlen getötet hat?", fragte ich Shane.

„Jedes Raubtier hat eine eigene Strategie. Der Puma springt seinem Beutetier auf den Rücken und bricht ihm mit einem kräftigen Biss das Genick. Genau das ist mit diesem Fohlen passiert."

Die Stimmung war angespannt. Wir hatten keine Ahnung, wie weit die Pferde gelaufen waren und wie viele Stunden wir im Sattel verbringen mussten, um sie zu finden. Die Sonne stach bereits vom wolkenlosen Himmel herunter.

Ohne die Herde kamen wir zwar schnell voran, doch es dauerte trotzdem zwei Stunden, bis wir die Pferde fanden. Zum Glück war die Herde zusammengeblieben. Während die Gäste auf ihren Pferden sitzen blieben und die Pause zum Trinken nutzten, drängten Shane und ich uns durch die Herde und untersuchten die Pferde. Alle wirkten unruhig, waren aber unverletzt. Eine junge, gescheckte Stute war besonders aufgeregt.

„Tut mir leid, mein Mädchen. Es war dein Fohlen, nicht wahr?" Shane strich der Stute sanft über die Stirn.

Wir saßen wieder auf, Shane teilte Josie über Funk mit, dass wir die Pferde gefunden hatten und mit Verspätung am heutigen Camp eintreffen würden.

„Durch die Verzögerung wird es etwas länger dauern, aber am Ende des Tages wartet eine warme Quelle auf euch!", rief Shane.

Die Tatsache, dass wir die anderen Pferde wohlbehalten gefunden hatten und die Aussicht auf ein warmes Bad, hob die Stimmung etwas. Bethany ritt vorn bei Shane, Annie hinten bei mir. Ihr Magen hatte sich zum Glück beruhigt. Laut Shane wäre der Tag heute eigentlich gemütlicher mit weniger Meilen gewesen, doch da wir erst die Pferde gesucht hatten, galt es jetzt, Zeit gutzumachen. Das Gelände unterschied sich deutlich vom gestrigen.

Wir ritten an steilen Abhängen entlang und passierten Geröllfelder, über die ich Trixie nicht einmal geführt hätte. Bonnie und die anderen Pferde meisterten alles mit bemerkenswerter Trittsicherheit. Es war bereits früher Nachmittag, als wir eine kleine Senke erreichten und Shane uns endlich erlaubte, Mittagspause zu machen.

Als wir die Reitpferde angebunden hatten, zeigte er uns, warum er diesen Platz ausgesucht hatte. Am Fuße eines alten Baumes gab es ein kleines Wasserloch, das sich als Quelle herausstellte. Shane füllte darin seine Trinkflasche unter unseren skeptischen Blicken. Das Wasser in dem kleinen Tümpel sah nicht besonders sauber aus. Nur direkt am Austrittspunkt war es klar. Heute war es noch heißer als gestern und mein Wasservorrat war beinahe aufgebraucht, also ignorierte ich meine Bedenken und füllte meine Flaschen. Alle anderen taten es mir gleich.

„Sieht aus, als würdet ihr Hanna mehr vertrauen als mir." Shane grinste. Noch bevor eine Stunde vergangen war, gab er das Kommando zum Weiterreiten.

„Habt ihr nicht auch wahnsinnigen Muskelkater?", stöhnte Annie, die Stormy in Bonnies Nähe angebunden hatte und ziemlich steif wirkte.

Samara lachte glockenhell. „Und wie! Ich habe schon zum Frühstück eine Schmerztablette genommen. Möchtest du auch eine?"

Annie nickte dankbar. „Gern, du bekommst am Abend eine zurück, ich habe sie dummerweise in der Tasche gelassen!"

Meine Beschwerden hielten sich zum Glück in Grenzen. Offenbar war ich durch die täglichen Ritte zu Hause ganz gut trainiert. Am Nachmittag tauchten wir in bewaldetes Gebiet ein. Die Wege, die sich zwischen den Bäumen hindurchschlängelten, waren eng. Wir mussten bei den dicht aneinander stehenden Bäumen gut auf unsere Füße aufpassen. Die Pferde dachten schließlich immer nur an ihren eigenen Körperumfang.

Diesmal war es Lex, der eine Schmerztablette benötigte, weil er sich sein Bein an einem Baum geschrammt hatte. Schnell färbte seine Jeans sich am Knie dunkelrot. Er blieb mit schmerzverzerrtem Gesicht auf seinem Pferd sitzen und ließ sich von mir mit einer Tablette versorgen. Es konnte rasch weitergehen.

Jet erwies sich im dichten Gestrüpp als Goldschatz. Eifrig jagte er den vom Pfad abgekommenen Pferden hinterher und trieb sie zurück. Die Dämmerung setzte bereits ein, als ich Annies Stimme vernahm.

„Oh seht mal, ein Elch!", rief sie begeistert und wies aufgeregt auf den Hang an der anderen Seite des Baches, an dem wir gerade entlangritten.

Ich hatte noch nie einen Elch in freier Wildbahn gesehen und verrenkte mich im Sattel, um einen Blick darauf zu erhaschen. Dieses Exemplar war ein mächtiger Bulle. Selbst aus der Entfernung sah er sehr beeindruckend aus und ich war froh, über die Distanz zwischen uns.

6. Aufregende Nächte

Kurz bevor es dunkel wurde, erreichten wir das Camp. Die Zelte waren schnell aufgestellt, Shane und ich waren darin inzwischen ein eingespieltes Team.

„Ich nehme an, dass ihr euch alle auf ein Bad in der Quelle freut, also nichts wie rein mit euch", rief Josie grinsend. „Abendessen gibt es danach."

Lex kam mir in Shorts entgegen und sah sehr attraktiv darin aus. „Na Hanna, freust du dich aufs warme Wasser?", fragte er.

„Und wie! Ich ziehe mich rasch um, damit Shane mich nicht wieder komplett angezogen hineinwerfen kann."

Er lachte charmant. „Dann warte ich bei der Quelle auf dich!"

Ich nickte und verschwand ins Zelt, um Badesachen anzuziehen. Anschließend lief ich die wenigen Meter zu der warmen Quelle. Praktischerweise bildete der Bach davor eine Art Becken, in dem wir alle Platz hatten. Gerade als ich mich zwischen Lex und Megan niedergelassen hatte, kam Bethany humpelnd näher.

„Ich kann mit meinem Fuß nicht über diese rutschigen Steine steigen. Kannst du mich hineintragen, Colin?"

Der erhob sich aus dem Wasser. „Natürlich!"

Megan verdrehte die Augen in meine Richtung. Bethany trug einen sehr knappen Bikini und klammerte sich übertrieben an Colin fest. Ich rückte etwas dichter an Lex, um Platz zu machen. Obwohl ich wusste, dass es nicht richtig war, suchte ich trotzdem seine Nähe. Das lauwarme Wasser umspülte meinen Körper und entspannte meine Muskeln.

„Ah, ist das herrlich!", seufzte ich und wackelte genüsslich mit den Füßen. Dann fiel mein Blick auf die Wunde an seinem Knie. Es hatte sich schon ein leichter Schorf gebildet, doch sie sah trotzdem schmerzhaft aus.

„Tut es noch sehr weh?"

Lex schüttelte den Kopf. In diesem Moment berührten sich unsere Hände unter Wasser.

„Jetzt nicht mehr." Er fuhr sanft die Kontur meiner Finger nach. Ich war wie elektrisiert. Anfangs hatte es sich mit Jakob so ähnlich angefühlt, aber schon lange nicht mehr. Doch Lex hatte eine Frau. Er durfte mich nicht auf diese Weise berühren. Also zog ich meine Hand weg, auch wenn ich es genossen hatte.

Viel zu früh rief Josie uns zu sich und wir watschelten zum Feuer. Es duftete bereits verführerisch nach Essen. Shirley und Josie blieben lange bei uns sitzen. Meine Tante hatte ihre Gitarre dabei und beeindruckte uns mit Lagerfeuerliedern. Alle kannten die Texte und sangen begeistert mit. Wie gestern mit den S'Mores fühlte ich mich wie eine Außenseiterin. Eine, die etwas nicht kannte, was für alle anderen selbstverständlich war. Bethany saß neben Colin und wirkte äußerst zufrieden.

Lex griff erneut nach meiner Hand. Dieses Mal entzog ich sie ihm nicht. Es fühlte sich einfach zu gut an. Wir saßen dicht beisammen und außer dem Schein des Feuers war es dunkel. Wahrscheinlich konnte es also niemand sehen. Im Takt der Musik spielte er mit meinen Fingern.

„Wollen wir nach den Pferden sehen?", flüsterte Lex, um den Gesang nicht zu stören. Ich ahnte, was geschehen würde, wenn wir beide unter uns wären. Kurz haderte ich mit mir. Ermahnte mich, dass ich zum Arbeiten hier war und die Regeln meiner Tante beachten sollte. Der Kuss gestern mit Megan hätte schon nicht passieren dürfen. Für mich waren Leute, die sich in einer Beziehung oder gar Ehe befanden, immer unantastbar gewesen. Aber hier war so vieles anders. Vielleicht, weil wir so abgeschieden waren und ich die Partner von Lex und Megan nicht kannte. Was genau es mit seiner Ehefrau auf sich hatte, wollte ich aber trotzdem wissen.

„Okay", murmelte ich und erhob mich. Es war einfach zu verlockend, eine Weile mit Lex allein zu sein.

Shane stand ebenfalls auf und für einen Moment dachte ich, er wolle uns begleiten. Er holte jedoch nur ein Fieberthermometer, an dem eine Schnur befestigt war, aus seiner Satteltasche. „Prüfe bitte die Temperatur bei der Stute, die ihr Fohlen verloren hat. Ich möchte es wissen, wenn sie Fieber wegen eines Milchstaus bekommt."

Ich nickte und nahm das Messgerät entgegen.

Die Pferde tummelten sich einige hundert Meter von uns entfernt. Wieder war es eine sternenklare Nacht und der Mond leuchtete hell vom Himmel. Alles war ruhig.

Wir bahnten uns den Weg zu der Stute. Sie stand mit gesenktem Kopf da und starrte vor sich hin. Das Euter fühlte sich relativ prall an, war jedoch nicht heiß. Ihre Temperatur befand sich im normalen Bereich.

„Alles in Ordnung. Hoffentlich kommt diese Nacht kein Puma", sagte ich leise.

„Es ist selten, dass sie so nahe an Menschen herankommen. Ich denke nicht, dass wir das Pech an zwei Nächten hintereinander haben", beruhigte mich Lex. Ohne mich anzusehen, griff er erneut nach meiner Hand. „Da ist nichts zwischen dir und Shane, oder?", vergewisserte er sich und blickte auf.

„Nein, aber ..." Kurz war ich versucht gewesen, ihm von Megan zu erzählen, doch das ging nur sie und mich etwas an. Außerdem sah ich in seiner Ehe das größere Problem.

„Aber?"

„Das ist trotzdem keine gute Idee. Schließlich bist du verheiratet. In Kentucky wartet deine Frau auf dich! Überleg mal, wie sie sich fühlen würde."

„Oh, Kelly wartet nicht auf mich. Wir haben viel zu jung geheiratet, direkt nach der Highschool. In letzter Zeit läuft es nicht gut und wir sahen beide ein, dass wir wohl zu sehr in die Idee einer Ehe verliebt waren. Wir haben das Ganze nicht gründlich genug durchdacht. Also nehmen wir diesen Sommer eine Auszeit. Sie ist in einem Musikcamp in Europa und ich bin hier."

„Eine Auszeit?" Ich sah ihn skeptisch an. „Und am Ende des Sommers setzt ihr euch hin und überlegt, ob ihr zusammenbleibt oder euch scheiden lasst?" Mir waren solche Beziehungspausen noch nie sinnvoll erschienen, doch dafür war ich vielleicht tatsächlich zu jung oder einfach noch nie lange genug mit jemandem zusammen gewesen.

„Genau. Aber bis dahin können wir beide tun, was wir wollen und werden es uns nicht vorhalten."

„Hm." So ganz überzeugt war ich immer noch nicht.

„Hanna, du bist das Beste, was mir diesen Sommer passieren wird. Die Art, wie ich mich zu dir hingezogen fühle, macht mir eigentlich schon klar, dass meine Ehe mit Kelly vorbei ist. Ehrlich gesagt bin ich nur hierhergekommen, weil ich diesen Sommer ein Abenteuer erleben wollte. Dass ich so etwas empfinden würde, hätte ich nicht gedacht. Außerdem konnte ich Colin nicht allein mit fünf Mädchen in den Wilden Westen ziehen lassen."

Ich lachte. „Sehr edel von dir."

Seine Augen wurden weich und er griff nach meiner Hand. „Komm schon, Hanna. Lass dich darauf ein. In den wenigen Tagen, in denen ich noch hier bin, können wir so viel Spaß zusammen haben!"

Er hatte recht. Bald würde er abreisen. Und wenn ich nach Deutschland zurückkehrte, wäre er eine Erinnerung, weiter nichts. Wie diese Erinnerung aussehen würde, hatte ich selbst in der Hand.

„Okay. Aber es muss unauffällig bleiben. Für mich gilt die Regel, nichts mit Gästen anzufangen."

„Verdammt, ich wusste nicht, dass es Probleme für dich geben könnte." Lex wich so schnell zurück, dass ich lachen musste. „Wenn es dich in Schwierigkeiten bringt, gehen wir sofort wieder zu den anderen."

Josie und Caleb würden mich wegen eines kleinen Ausrutschers nicht sofort in einen Flieger nach Deutschland setzen, oder? Ich wollte ihn küssen. Zum Teufel mit den guten Vorsätzen. Irgendetwas musste es schließlich gebracht haben, dass ich mit Jakob Schluss gemacht hatte. Lex sah zu mir hinunter, unsere Lippen waren nur noch wenige Zentimeter voneinander entfernt.

Plötzlich drang ein markerschütternder Schrei aus dem Camp zu uns herauf. Wir sahen uns einen Moment lang unschlüssig in die Augen.

„Heute soll es wohl nicht sein", meinte ich bedauernd. Wir eilten zu den Zelten, um herauszufinden, wer dort in Not war. Samara stand vor ihrem Zelt und beleuchtete mit ihrer Taschenlampe eine Schlange.

„Die war in meinem Schlafsack!", keuchte die dunkelhaarige Frau, noch immer geschockt. Die Schlange war zwar nicht groß, aber das grün ihrer Schuppen ließ bei mir trotzdem sämtliche Alarmglocken schrillen.

„Das ist eine Grasnatter. Diese Art ist nicht giftig und normalerweise beißen sie nur ungern." Shane trat nach vorn, griff nach einem Stock und schnippte sie aus dem Lichtkegel. „Ihr solltet die Reißverschlüsse schließen, sodass keine Kriech- oder Krabbeltiere in eure Zelte gelangen", meinte er.

„Unser Zelt war verschlossen, nicht wahr Bethany?" Samara sah verängstigt und mit großen Augen zu ihrer Zeltgenossin.

Bethany nickte und blickte äußerst skeptisch auf ihren eigenen Schlafsack. „Jemand hat uns eine Schlange ins Zelt gelegt!"

Ich starrte sie an, dann blickte ich in die Runde. Das konnte nicht sein. Andererseits krochen Schlangen eher selten von allein in verschlossene Zelte. War das ein weiterer Anschlag? Und wenn ja, sollte er wirklich Samara gelten oder möglicherweise Bethany? Schließlich konnte man schlecht ahnen, welche von beiden zuerst ins Zelt ging. Es endete damit, dass jeder mit spitzen Fingern seinen Schlafsack ausschüttelte und die Zelte absuchte, doch die Grasnatter blieb der einzige, tierische Fund.

Ich war nach der Situation mit Lex, dem nächtlichen Schrei und der Schlangenjagd viel zu aufgeregt, um einschlafen zu können. Frustriert starrte ich auf mein Handy und ärgerte mich zum ersten Mal, seit ich hier war, dass es keine Internetverbindung gab. Ansonsten hätte ich Lex längst in den sozialen Medien gesucht und wüsste inzwischen bestimmt genau, wie diese Kelly aussah. Megan ließ die Tatsache, dass ich mit Lex allein gewesen war unkommentiert und war überhaupt recht wortkarg. Machte es ihr etwas aus nach dem Kuss zwischen uns? Ich kannte es selbst nicht von mir, dass meine Gefühle derart flatterhaft waren, und wusste auch nicht, was ich zu ihr sagen sollte. Doch sie schien ohnehin nicht reden zu wollen, also lag auch ich stumm in meinem Schlafsack und hing meinen Gedanken nach. Es war die richtige Entscheidung gewesen, die Sache mit Jakob zu beenden. Vor meinem inneren Auge sah ich ihn und Selina eng aneinander gekuschelt am Strand sitzen und stellte fest, dass es mich nicht im Geringsten störte. Ich hatte eine Frau geküsst und war anscheinend geradewegs dabei, mich in einen verheirateten Mann zu verlieben. So etwas hatte ich diesen Sommer definitiv nicht erwartet.

Irgendwann musste ich eingeschlafen sein, denn als ich das nächste Mal die Augen öffnete, leuchteten bereits zaghafte Sonnenstrahlen durch die Zeltwände.

Der Reißverschluss von Megans Schlafsack öffnete sich und die junge Frau schälte sich heraus. „Ich möchte vor dem Frühstück noch ein Bad in der Quelle nehmen. Kommst du mit?" Sie kramte bereits nach ihren Badesachen und sah mich auffordernd an.

Ich schüttelte den Kopf.

„Hör mal, tut mir leid, dass ich gestern Abend so kurz angebunden war. Ich habe kein Recht, sauer zu sein, wenn zwischen Lex und dir etwas läuft. Es hat mich nur überrascht. Ich hatte dich anders eingeschätzt."

„Schon gut. Ich weiß selbst nicht, was diesen Sommer mit mir los ist. Lex behauptet, dass er und seine Frau eine Pause machen. Trotzdem sollte zwischen Lex und mir genauso wenig laufen wie zwischen uns beiden. Aber er ist einfach …"

Megan grinste. „Ich verstehe dich! Lex ist ein Traumtyp. Er kann reiten, ist sehr intelligent, hat gute Manieren und dieses umwerfende Lächeln."

Sie hatte sich fertig umgezogen und saß nun im Schneidersitz vor mir.

„Das gilt auch alles für dich", meinte ich.

„Hör auf, mir Komplimente zu machen, Hanna."

„Es stimmt aber. Dein Freund hat großes Glück."

Die junge Frau lächelte etwas schuldbewusst. „Ich habe auch Glück mit ihm. Und trotzdem …" Sie brach ab. „Egal, was passiert ist, ist passiert. Ich gehe jetzt zur Quelle."

„Wie geht es euch? Seid ihr alle fit?", wollte Josie beim Frühstück wissen und biss herzhaft in ein Würstchen. Ihren Teller hatte sie praktischerweise auf ihrem gigantischen Babybauch abgestellt. Von den Gästen ertönte zustimmendes Gemurmel.

„Gut! Heute wird euer kürzester Reittag. Eine weitgehend ebene Strecke, nicht zu anspruchsvoll."

Alle sahen erleichtert aus.

„Gegen Ende eures Rittes kommt ihr zu einer großen, eingezäunten Koppel, weil das Camp heute Abend in der Nähe einer Ranch liegt. Die Herde lasst ihr auf der Koppel und dann habt ihr noch etwa eine halbe Stunde Ritt vor euch, bevor ihr am Nachmittag im Camp ankommt. Heute wollen wir mit euch Lassowerfen, Line Dance und Hufeisenwerfen üben", verkündete meine Tante.

Darüber freuten sich alle. Nachdem die Zelte verstaut und die Pferde gesattelt waren, trieben wir die Herde zusammen. Es hatte keine weiteren Zwischenfälle gegeben und das Gelände erlaubte einige schnelle Galoppaden. Alle wurden sicherer im Umgang mit der Herde. Inzwischen wagte es sogar Annie, einhändig zu reiten, und schoss eifrig Fotos mit ihrem Handy.

Mittagspause machten wir an einem Wasserloch, das jedoch nur als Durstlöscher für Jet und die Pferde fungierte. Heute wusste Shane leider keine geheime Quelle für uns. Lex und ich hielten ein wenig Abstand voneinander. Wir wollten wohl beide dort weitermachen, wo wir gestern aufgehört hatten, trauten uns das aber nicht vor den anderen. So herrschte eine knisternde Spannung zwischen uns, die mich ganz nervös machte. Als unsere mitgebrachten Sandwiches verspeist waren, hatte Shane eine Überraschung für mich.

„Jetzt reitest du ein wenig vorn, Hanna!", sagte er. Unsicher sah ich zu ihm auf. Inzwischen hatte ich meinen Platz am Ende der Herde liebgewonnen. Dort fühlte ich mich gut aufgehoben und kannte meine Aufgaben.

„Hältst du das wirklich für eine gute Idee?"

„Sonst würde ich es nicht vorschlagen. Keine Sorge, es geht jetzt erst mal nur geradeaus, soweit das Auge reicht. Du kannst ordentlich Tempo machen und musst nicht so viel Staub schlucken!" Aufmunternd klopfte er mir auf die Schulter und streckte mir seine Hand entgegen, um mir aufzuhelfen.

Bonnie gefiel es an der Spitze der Herde und auch ich fand Spaß daran. Eigentlich hatte ich hier vorn deutlich weniger Arbeit. Shane pfiff und ich ließ Bonnie aus dem Schritt heraus angaloppieren. Es war unbeschreiblich. Vor mir lag nichts außer weites, ebenes Grasland und hinter mir erbebte die Erde unter den vielen, galoppierenden Hufen. Ganz in meiner Nähe ritt Megan auf Shotgun. Sie lachte und schien bei dieser Geschwindigkeit völlig in ihrem Element zu sein. Plötzlich tauchte auf meiner anderen Seite ein Reiter auf und ich war erstaunt, dass es Shane war.

„Na, wie gefällt es dir hier vorn?"

Mein breites Grinsen genügte ihm als Antwort.

„Dann zeig mal, was du draufhast!", rief er übermütig und mit einem lauten „Yeehaw" stob er auf Chex davon.

Ohne groß nachzudenken, trieb ich Bonnie noch mehr an und sie verlängerte bereitwillig ihre Galoppsprünge. Ich war mir sicher, dass ich noch nie so schnell geritten war. Im Nu hatte ich zu Shane aufgeholt.

„Das ist das Größte!", rief ich begeistert und an seinem Gesicht konnte ich erkennen, dass er genauso empfand wie ich. In diesem Moment fühlten wir nicht die bedrückende Verantwortung für die Gäste und die Herde. Wir waren einfach nur zwei junge Menschen im Rausch der Geschwindigkeit, die sich unendlich frei fühlten. Ein Blick über die Schulter verriet mir, dass wir die anderen weit hinter uns gelassen hatten. Sie wurden von Megan und Donna angeführt, die diese Aufgabe hervorragend erledigten. Nur widerwillig verlangsamten wir unsere Pferde.

Shane sah mit blitzenden Augen zu mir hinüber und zwinkerte mir zu. „Ich übernehme ab jetzt die Spitze wieder und bringe uns zu der Koppel. Gehst du bitte wieder nach hinten, Hanna?"

Wann hatte Shane seine Meinung über mich geändert? Wann waren wir so etwas wie Freunde oder zumindest Kollegen geworden? Ich wusste es nicht genau. Vielleicht an dem Abend, als er sagte, dass ich anders sei als die anderen Mädchen? Eigentlich war es mir auch egal, ich war nur froh, dass er mich nun offenbar akzeptierte. Also nickte ich und dirigierte Bonnie wieder ans Ende.

„Wow, ihr wart unglaublich schnell!", rief Samara bewundernd, als ich mich zurückfallen ließ. Am Schluss der Herde befanden sich Annie, Bethany und Colin, die sich freuten, als ich mich wieder zu ihnen gesellte.

„So, sie sind für heute aufgeräumt!", verkündete Shane einige Zeit später und schloss das Koppelgatter hinter der Herde. „Wir reiten einige Meter weg und dann würde ich sagen, ist es Zeit für ein Rennen. Wer hat Lust?"

Alle bis auf Annie waren begeistert.

„Gut, Annie, du bleibst bei mir und überwachst mit mir den Zieleinlauf", entschied er. „Ihr anderen reitet dort rüber, um den Baum herum und zurück. Wer als erster an uns vorbeikommt, hat gewonnen!"

Wir stellten uns in einer Reihe auf. „Megan, du gehst mit Shotgun ganz nach außen!", ordnete Shane an und grinste. Er ließ erneut ein lang gezogenes „Yeehaw!" ertönen und wir preschten alle aus dem Stand los. Ich befand mich zwischen Megan und Donna und spornte Bonnie an. Shotgun setzte sich scheinbar mühelos an die Spitze. Megan kauerte über seinem Widerrist und es fiel mir nicht schwer, sie mir auf einem Rennpferd vorzustellen. Wir umrundeten den Baum und obwohl ich versuchte, ganz entspannt zu bleiben, meldete sich die vernünftige Reiterin in mir und ich nahm Bonnie etwas zurück.

Wir blieben also im Mittelfeld. Lachend überquerten wir einige Längen hinter dem hellgrauen Wallach die gedachte Ziellinie.

„In diesem Pferd steckt ein Champion!", rief Megan und lobte den Wallach überschwänglich.

„Noch ein Rennen gefällig? Diesmal will ich mitmachen. Übernimmst du hier, Hanna?", bat Shane.

Wir tauschten die Plätze und diesmal musste ich laut rufen. Bonnie, eben noch aufgedreht von unserem schnellen Ritt, stand nun vorbildlich neben Annies Pferd. Shane und Chex verloren um Haaresbreite gegen Megan, die als erneute Siegerin hervorging.

„Glückwunsch Megan, als Preis bekommst du heute Abend den ersten Tanz mit mir!", rief Shane.

Megan lachte auf. „Da hätte ich Shotgun wohl besser bremsen sollen!"

„He, ich bin ein super Tänzer!", empörte sich Shane.

So erreichten wir in bester Stimmung das Camp. Nach dem Abendessen gaben Shane und Shirley uns Unterricht im Lassowerfen. Shane stand so dicht hinter mir, dass ich seinen Atem an meiner Wange spüren konnte. Inzwischen fühlte ich mich wohl in seiner Gegenwart, doch er löste nicht ansatzweise solche Gefühle in mir aus wie Lex. Shanes Hand ruhte auf meiner, die ein dünnes Lasso festhielt.

„Du musst es schwingen. So!" Gemeinsam ließen wir das Lasso über unseren Köpfen kreisen. „Und dann lässt du es los!" Mit seiner Hilfe schaffte ich es, den Ast einzufangen, der in peinlich kurzer Distanz vor mir auf dem

Boden lag. Die anderen applaudierten. Shane trat nach vorn, entwirrte das Lasso und gab es mir zurück. Mein nächster Versuch scheiterte kläglich, doch dann gelang es mir noch einmal.

„Okay, das ist erst mal gut genug. Jetzt lernst du noch etwas anderes. Den Wedding Ring."

Er entfernte sich einige Schritte von mir und ließ das Lasso erst vor sich auf dem Boden in einem Kreis schwingen. Dann hob er den Arm und stand plötzlich inmitten des Seilkreises. Das Lasso umrundete ihn auf Hüfthöhe. Er grinste breit und sah mit seinem Westernhut und den Jeans aus wie ein Bilderbuchcowboy.

„Probiere es." Mit aufmunternder Geste gab er mir das Lasso zurück.

„Klar, nichts leichter als das", meinte ich spöttisch und schwang das Lasso vor mir. Shane gab sein Bestes und instruierte mich, so gut er konnte. Aber ich wickelte mich ständig ein und schaffte es nicht, dass es ansatzweise so aussah wie bei ihm. Trotzdem war es witzig und irgendwann gab ich das Seil an Bethany weiter.

Als Nächstes versuchte ich mein Glück beim Hufeisenwerfen. Wir hatten riesigen Spaß und ich konnte mir beim besten Willen nicht vorstellen, dass jemand aus dieser Gruppe seine Freunde sabotierte. Aber gab es eine andere Erklärung für die seltsamen Vorfälle?

Als es dunkel wurde, erklang aus dem Transporter Musik und ehe ich mich versah, tanzte ich zwischen Annie und Samara Line Dance. Es war ein lustiger Abend und ich genoss jede Minute, obwohl ich mich sonst von sämtlichen Tanzveranstaltungen fernhielt. Shane hielt sein Versprechen Megan gegenüber und zeigte mit ihr einen flotten Swing. Wir anderen probierten es ebenfalls und ich tanzte mehr schlecht als recht mit Shane, Colin und schließlich endlich mit Lex.

„Darf ich dich noch einmal entführen?", fragte er.

Darauf hatte ich gewartet. Sofort erfüllte mich ein freudiges Kribbeln. Wir verließen die anderen so unauffällig wie möglich. Die Reitpferde tummelten sich an einer Baumgruppe und sahen ruhig und zufrieden aus.

Dieses Mal verloren wir keine Zeit. Die Spannung zwischen uns in Gegenwart der anderen war unerträglich gewesen. Lex drückte mich mit dem Rücken gegen einen Baumstamm und küsste mich.

Die Welt schien sich schneller zu drehen, das gedämpfte Lachen, die Musik und hin und wieder das Schnauben eines Pferdes drangen an mein Ohr. Ich hätte ewig so dastehen und ihn küssen können. Schade, dass uns nur so wenig gemeinsame Zeit blieb.

Lex bemerkte, dass meine Gedanken abschweiften und sah mich prüfend an. „Ist alles in Ordnung?"

Langsam nickte ich. „Es ist nur ... ich habe ein schlechtes Gewissen Kelly gegenüber, auch wenn ich sie nicht kenne. Außerdem fliegst du in wenigen Tagen zurück. Ist es das wirklich wert?"

Er sah mich ernst an. „Ich rechne es dir hoch an, dass du dich wegen Kelly sorgst, denn ich spüre, dass du mich magst. Es könnte dir auch völlig egal sein. Aber entspann dich. Kelly flirtet sicher gerade mit wer weiß wem und das hier ist unser Abenteuer. Du musst nicht alles bis zum Ende durchdenken."

Gequält sah ich zu ihm auf. „Das mache ich aber normalerweise so."

„Hattest du diesen Sommer so geplant?"

„Natürlich nicht. Und bisher ist es viel besser als der Urlaub, den ich geplant hatte."

Er strich mir eine Strähne aus der Stirn. „Siehst du? Versprich mir, dass du es genießt, Hanna, sonst küsse ich dich nie wieder."

7. Spekulationen

Als ich an diesem Abend ins Zelt kroch, saß Megan mit zerwühlten Haaren auf ihrem Schlafsack und wartete auf mich.

„Mein Tagebuch ist weg!", rief sie, noch während ich den Reißverschluss hinter mir zuzog.

Ich runzelte die Stirn. „Was meinst du mit weg? Du hast es doch immer in dem Seitenfach deiner Tasche."

„Genau. Aber da ist es nicht. Und auch sonst nirgends. Darf ich in deinen Sachen nachsehen? Vielleicht hast du es ja versehentlich eingepackt."

„Klar." Ich wuchtete meine Tasche in die Mitte des Zeltes und gemeinsam suchten wir danach. Es befand sich natürlich nicht zwischen meinen Klamotten.

„Dann hat es jemand gestohlen. Meine Freundinnen wissen, wie wichtig mir mein Tagebuch ist."

„Megan …", begann ich vorsichtig.

Sie sah auf. „Ja, auch das mit unserem Kuss steht da drin. Ich schäme mich nicht dafür, aber ich möchte auch nicht, dass jeder hier davon erfährt."

„Verdammt. Das will ich auch nicht." Ich überlegte kurz, bevor ich fortfuhr. „Es passieren viele merkwürdige Dinge mit eurer Gruppe. Vielleicht liegt wirklich ein

Fluch auf allen, die auf dem Weg ins Schattental sind. Aber ich glaube langsam, dass irgendjemand hier die anderen sabotiert."

„Der Gedanke ist mir auch schon gekommen. Aber ich wüsste nicht, wer." Sie hob hilflos die Schultern. „Wir Mädchen kennen uns schon lange. Wir wissen fast alles voneinander. Niemand von uns würde der anderen die Ausrüstung manipulieren oder eine Schlange ins Zelt legen. Und die Jungs ... was sollten sie davon haben? Sie sind, wie gesagt, eigentlich nur dabei, weil Bethany auf Colin steht und er nicht als einziger Mann mitkommen wollte. Aber sie kennen uns nicht gut genug, um etwas gegen uns zu haben. Denke ich jedenfalls."

Ich blickte sie nachdenklich an. „Fassen wir mal alles zusammen, was bisher geschehen ist. Vielleicht fällt uns etwas auf."

„Gute Idee." Sie nickte zustimmend und holte einen Notizblock hervor. Die Frau schien tatsächlich gern zu schreiben.

„Okay. War beim Flug oder eurer Ankunft schon etwas merkwürdig?"

„Nein. Es fing erst mit Donnas gerissenem Steigbügelriemen an." Megan kritzelte etwas in ihren Notizblock. „Danach wurde Samara von der Stute getreten und stürzte", erinnerte sie sich.

„Stimmt. Das können wir höchstens dem Fluch des Schattentals in die Schuhe schieben."

Wir lächelten uns unsicher an, dann notierte sie auch dieses Ereignis.

„Dann verstauchte sich Bethany bei ihrem Morgenspaziergang den Fuß. Und sofort danach fanden wir das tote Fohlen und die Herde war weg", zählte Megan auf.

Ich nickte. „Vorher hatte Annie Durchfall. Könnte alles Zufall gewesen sein. Doch bei Annie hat möglicherweise jemand nachgeholfen. Anschließend stieß Lex sich das Knie an einem Baum. Daran war er selbst schuld."

„Die Sache mit der Grasnatter in Samaras Schlafsack war echt heftig", meinte Megan.

Da stimmte ich ihr zu. „Ja. Aber die Schlange könnte auch Bethany gegolten haben. Und ich bin mir sehr sicher, dass jemand sie dort hineingelegt hat. Schlangen kriechen nicht durch verschlossene Reißverschlüsse."

„Genau. Derselbe jemand, der mein Tagebuch gestohlen hat", behauptete sie mit grimmiger Miene.

„Wer tut das alles? Und warum?"

Megan schüttelte den Kopf. „Keine Ahnung. Aber ich weigere mich zu glauben, dass es eine meiner Freundinnen war."

„Denkst du, es waren Lex oder Colin? Haben sie vielleicht doch eine Rechnung mit euch offen? Shane und mir ist schließlich noch nichts passiert."

„Das kann ich mir nicht vorstellen. Wir kennen die Jungs noch nicht lange und es ist nichts zwischen uns passiert."

Vom Überlegen hatte ich schon einen ganz heißen Kopf und der Kuss mit Lex war völlig in den Hintergrund getreten.

Megan zögerte, bevor sie das nächste Mal sprach. „Was, wenn es niemand von uns war? Ich glaube nicht, dass du, Shirley oder deine Tante etwas damit zu tun haben, doch wie gut kennst du Shane?"

Ich starrte sie an. „Shane? Warum sollte er das tun?"

„Weil er offenbar etwas dagegen hat, in dieses Schattental zu reiten. Wenn unsere Gruppe seinem Chef nach der Woche erzählt, dass tatsächlich jede Menge schiefgelaufen ist, überlegt Caleb sich für die nächste Gruppe vielleicht eine andere Route. Und außerdem ..."

„Ja?"

„Vielleicht bilde ich mir das nur ein, doch er scheint etwas gegen Frauen zu haben. Da würde es passen, dass Colin und Lex bisher verschont blieben. Und du, weil er sich noch mehr Arbeit aufhalsen würde, wenn er dich vergraulen oder verletzen würde."

Dass Shane auf weibliche Wesen manchmal schlecht zu sprechen war, war mir auch schon aufgefallen. Aber der junge Cowboy würde nicht irgendwelche Intrigen inszenieren, nur weil er vielleicht einmal von einer Frau zurückgewiesen worden war, oder? Zu mir war er in den letzten Tagen ja auch viel netter geworden.

„Du verstehst dich doch inzwischen ganz gut mit Shane. Vielleicht könntest du ihn ein wenig aushorchen?"

Ich fühlte mich zwar unwohl bei dem Gedanken, stimmte aber zu.

Am nächsten Morgen, als wir unsere Taschen in den Transporter luden, war das Tagebuch noch immer weg.

Megan sprach die Sache beim Frühstück an. Natürlich behaupteten alle, es nicht gesehen zu haben.

„Ich möchte eure Taschen durchsehen!", forderte sie.

„Meine Güte Megan, was steht denn da drin? Bist du etwa fremdgegangen?", fragte Bethany.

Megan und ich erstarrten.

Bethany riss die Augen auf. „Hast du wirklich etwas mit diesem süßen Trainer, den wir neulich in der Stadt getroffen haben?"

Wovon redete sie?

Doch Megan wusste scheinbar genau, was Bethany meinte. Und der Kuss mit mir war wohl nicht der einzige außerhalb ihrer Beziehung gewesen. Mit dem Trainer war offenbar mehr gelaufen.

„Das war nur ein einziges Mal. Ein Ausrutscher. Aber das könntest du nicht wissen, wenn du mein Tagebuch nicht gelesen hättest, Bethany. Gib es zu!" Megan war in beunruhigender Geschwindigkeit zuerst bleich, dann rot geworden.

Die Blondine sah ehrlich überrascht aus. „Quatsch, mir sind nur die Blicke zwischen euch aufgefallen. Das war geraten."

„Ich glaube dir kein Wort! Wehe du verrätst etwas!"

Bethany winkte ab. „Keine Sorge, ich verpetze dich nicht. Wenn du mir nicht glaubst, kannst du gern meine Tasche durchsuchen."

Ich war erleichtert, dass der Kuss nicht zur Sprache kam. Erst jetzt bemerkte ich, dass ich die Luft angehalten hatte, atmete aus und biss herzhaft in mein Sandwich.

Aus irgendeinem Grund traf mein Blick den von Shane. Seine Augen waren beinahe schwarz und ich erschrak über den verachtenden Ausdruck in ihnen.

Megan durchwühlte währenddessen Bethanys Reisetasche, wurde jedoch auch dort nicht fündig.

„Vielleicht hast du nur nicht richtig nachgesehen und es ist in deiner eigenen Tasche", meinte Annie zaghaft.

„Da ist es nicht. Sieh selbst nach." Megan wirkte den Tränen nahe. Ihr Tagebuch war weg und nun war auch noch ihr Seitensprung aufgeflogen.

Annie öffnete Megans Tasche und zog nach kurzer Zeit das kleine Buch hervor.

„Das kann nicht sein!" Megan starrte in die Runde.

„Gut, nachdem das geklärt ist, achtet bitte in Zukunft besser auf eure Sachen und wir satteln endlich auf." Shane bemühte sich ganz offensichtlich, nicht allzu genervt auszusehen. „Heute erreichen wir schon zur Mittagszeit unser Tagesziel. Einen malerischen See, in dem wir uns am Nachmittag den Staub abwaschen können", fügte er hinzu und grinste.

Die Aussicht auf einen Badetag spornte die Gruppe zu etwas mehr Tempo an, doch die Stimmung war gedrückt. Mir fiel auf, dass die Frauen Bethany schon eine Weile misstrauischer beobachteten. Nach der Sache mit dem Tagebuch wurde es noch deutlicher. Samara hielt zu ihr, aber Donna, Annie und Megan distanzierten sich von der Kameradin. Hatte sie sich mit der Bemerkung über Megans Trainer selbst verraten? Oder steckte jemand ganz anderes hinter den Zwischenfällen?

Nachdenklich machte ich Bonnie fertig und strich ihr über das schöne, braune Gesicht mit der schmalen Blesse. Sie war ein wunderbares Pferd, das absolut keine Wünsche offenließ. Noch nie zuvor hatte ich einem Pferd so schnell bedingungslos vertraut. Selbst bei meiner Trixie war es ein gutes Stück Arbeit gewesen, bis wir zu einem Team geworden waren. Angefangen mit endlosen Stunden Bodenarbeit und vielen Runden auf dem Reitplatz.

Als wir die Herde zusammengetrieben hatten, waren meine Gedanken immer noch ganz woanders. Shanes Gesichtsausdruck ging mir nicht aus dem Kopf. War es möglich, dass er hinter allem steckte? Selbst wenn nicht, interessierte mich seine Meinung dazu. Heute musste ich wirklich mit ihm reden. Schließlich hatten wir die Verantwortung für die Gruppe. Megan hatte mir den Notizzettel von unserem gestrigen Gespräch überlassen.

Der erste, schnelle Galopp schaffte es, meinen Kopf leer zu fegen und mich ins hier und jetzt zu befördern. Bonnie streckte sich unter mir und der Staub der aufwirbelnden Hufe wehte mir ins Gesicht. Immer wieder musste ich unwillkürlich lächeln. Hier zu reiten war so traumhaft! Mein Körper bewegte sich rhythmisch im Takt der Pferdebewegung und der Boden verwischte bei der Geschwindigkeit zu einem farbigen Streifen.

Wie versprochen erblickten wir den See gegen Mittag. Er lag malerisch in einer Senke, der wir uns von einer Hügelgruppe aus näherten. Die blaue Wasseroberfläche funkelte einladend und ich konnte es kaum erwarten, ins kühle Nass einzutauchen. Dass ich Lex dabei erneut in

Badehosen sehen würde, hob meine Laune gleich noch weiter. Ich spürte seinen Blick auf mir ruhen und fragte mich, ob er gerade etwas Ähnliches gedacht hatte. Bonnie stolperte und ich konzentrierte mich wieder aufs Reiten.

Am See angekommen, versorgten wir wie üblich zuerst die Pferde und stellten die Zelte auf. Josie und Shirley hatten ein schnelles Mittagessen zubereitet.

„Würde den Pferden eine Abkühlung nicht auch guttun?" Ich schielte auf das einladend wirkende Wasser.

Tante Josie nickte. „Nachdem sie sich ausreichend abgekühlt haben, könnt ihr die Pferde mit in den See nehmen, wenn ihr wollt. Aber es wäre nicht gut für ihren Kreislauf, wenn sie stark erhitzt nach einem langen Ritt direkt ins tiefe Wasser geschickt würden."

Wenig später hatten wir uns umgezogen und fingen unsere Pferde ein. Ich war ganz schlecht darin, ohne Sattel einen Pferderücken zu erklimmen, und ließ mir von Lex helfen. Außer der sportlichen Megan schaffte es von den Frauen keine ohne Hilfe auf ihr Pferd. Bei den Männern dagegen sah es kinderleicht aus. Josie hatte uns noch gebeten, die Pferde nicht zu lange im Wasser zu lassen. Bonnie reagierte wie üblich brav auf meine Hilfen und betrat den See ohne Schwierigkeiten. Donnas Rocket scharrte eindrucksvoll mit den Hufen. Das schwarze Pferd bot vor den Bergen in dem blauen See ein prachtvolles Bild. Der Appaloosa von Lex ging einige Schritte ins Wasser und legte sich völlig unvermittelt hin. Sein Reiter schaffte es zum Glück, rechtzeitig abzuspringen, und lachte zu mir hinauf. Bonnie steuerte auf das tiefere

Wasser zu und ich ließ mich von ihrem Rücken gleiten, um neben ihr her zu schwimmen. Mit Trixie machte ich das auch manchmal am Waldsee, also hatte ich Übung darin, den rudernden Hufen auszuweichen. Trotzdem war es hier etwas völlig anderes.

Die Pferde hatten nach kurzer Zeit genug. Wir brachten sie nach draußen und streiften ihre Zaumzeuge ab.

„Du siehst verdammt heiß aus in deinen Badesachen", raunte Lex mir zu, als wir wieder in den See wateten.

„Dann ist es ja gut, dass es hier genug Abkühlung gibt!" Ich lachte und spritzte ihn an.

Sofort war eine Wasserschlacht im Gange und für einen kurzen Augenblick vergaß die Gruppe ihre Verdächtigungen und die Distanziertheit. Doch es dauerte nicht lange, dann waren Bethany und Samara auf der einen und Megan, Donna und Annie auf der anderen Seite. Lex, Colin, Shane und ich lagen gefühlt irgendwo dazwischen und wussten nicht recht, was wir von der Sache halten sollten.

Shane verließ das Wasser als Erster und ich sah meine Chance gekommen, endlich mit ihm allein zu reden.

„Ich muss noch etwas mit Shane besprechen", murmelte ich Lex zu und wandte mich zum Ufer.

„Muss das jetzt sein?"

Bedauernd sah ich ihn an und nickte.

Draußen rubbelte ich mich rasch trocken, schlüpfte in etwas Seriöseres als meine Badesachen und schnappte mir den Notizzettel. Ich fand Shane unter einem Baum im hohen Gras sitzend.

Er sah mich stirnrunzelnd an, als ich näherkam. „Was ist passiert, dass du dich von Lex losreißt und mich mit deiner Gesellschaft beehrst?"

Ich hob eine Augenbraue. „Ist es so offensichtlich?"

„Für mich schon, aber keine Sorge, ich werde deiner Tante nichts verraten."

„Gut. Wir müssen endlich über diese ganzen Vorkommnisse mit der Gruppe reden."

Shane nickte, doch ich merkte, dass er keine Lust darauf hatte. Sein Blick ruhte auf dem See.

„Sollen wir Shirley und Josie dazu holen?", fragte ich.

„Nein, beunruhigen wir sie nicht. Bisher ist nichts Ernsthaftes passiert und heute gab es noch keinen Zwischenfall. Ich passe von hier draußen auf, dass niemand ertränkt wird."

„Also gut. Ich habe gestern Abend mit Megan darüber gesprochen und wir haben eine Liste …"

„Du hast eine Liste mit Megan angefertigt? Hanna, ich finde, wir sollten niemanden aus dieser Gruppe trauen. Ich habe so etwas noch nie erlebt und bin heilfroh, wenn wir die alle wieder los sind." Trotzdem ergriff er die Liste und studierte sie aufmerksam. „Ich denke, ihr habt nichts vergessen."

„Also Megan steckt bestimmt nicht dahinter. Die Sache mit dem Tagebuch und ihrem Trainer war ihr sehr unangenehm."

Shane schnaubte. „Sollte es auch. Trotzdem, versprich mir, dass du vorsichtig mit ihnen bist."

„Du sorgst dich um mich?"

Er sah mich ernst an. „Natürlich tue ich das. Pass auf dich auf, Hanna. Auch mit Lex. Ich möchte nicht, dass du dich allein mit ihm vom Camp entfernst."

„Wie bitte?"

„Du hast mich schon verstanden. Lex ist ein Lügner. Er betrügt seine Ehefrau."

Ich verteidigte Lex und erklärte rasch seine Beziehungssituation, doch Shane blieb misstrauisch.

„Was auch immer er behauptet, um dich rumzukriegen, auch er oder Colin könnten hinter alldem stecken. Vielleicht haben sie mit diesen Frauen ein Problem oder mit Frauen im Allgemeinen. Bisher ist zum Glück nichts passiert, aber sowohl die Sache mit Donna als auch die Schlange im Zelt hätten anders ausgehen können. Ich bin mir nicht sicher, ob derjenige, der die Schlange dort hineinlegte, wusste, dass es sich dabei nur um eine harmlose Natter handelte."

Dass Shane ein allgemeines Frauenproblem ansprach, brachte mich zum letzten und unangenehmsten Punkt, den ich mit ihm besprechen wollte. Doch wie sollte man so ein Thema diplomatisch ansprechen?

„Hast du auch eines? Also ein Problem mit Frauen?"

Er starrte mich an, halb belustigt, halb wütend.

„Manchmal wird dein Blick so finster und du lässt Kommentare fallen, die …", versuchte ich mich zu rechtfertigen, wusste dann aber nicht weiter und brach ab.

Shane atmete scharf ein. „Glaubst du ernsthaft, dass ich hier arbeiten würde, wenn ich etwas gegen sämtliche Frauen hätte? Hier gibt es überwiegend weibliche Gäste.

Ich habe ein Problem mit Frauen, die fremdgehen. Meine Ex-Freundin hat mich nämlich den gesamten, letzten Sommer betrogen."

„Ah, gut. Also, das ist eine gute Erklärung", verbesserte ich mich schnell. „Das tut mir natürlich leid für dich, aber es sind ja nicht alle Frauen so." Langsam sollte ich besser die Klappe halten.

Shane sah immer noch finster aus. „Stimmt. Es gibt auch noch anständige Mädchen, die mit ihrem Freund Schluss machen, bevor sie um die halbe Welt fliegen und bereits in der ersten Woche verbotenerweise etwas mit einem Gast anfangen."

Meine Wangen wurden heiß und ich hatte keine Ahnung, was ich darauf erwidern sollte.

Zum Glück rief Josie in diesem Moment zum Abendessen und ich sprang auf.

Bethany saß neben Colin und obwohl der ihr gerade seine volle Aufmerksamkeit schenkte, schien sie nicht glücklich zu sein. Offenbar machte es ihr zu schaffen, dass die meisten ihrer Freundinnen sich von ihr abwandten. Eigentlich war sie trotz Megans Worten für mich die Hauptverdächtige. Vielleicht aber auch nur, weil sie mir am wenigsten sympathisch war. Doch allmählich kamen mir Zweifel. Mein Blick glitt zu Lex, der mich über die Flammen hinweg ansah und auf einen freien Platz neben sich klopfte. Bevor ich mich zu ihm setzen konnte, fing Tante Josie mich ab.

„Kann ich kurz mit dir reden?", bat sie.

Ich sah sehnsüchtig zwischen den Würstchen, die auf

einem Rost über dem Lagerfeuer brieten und Lex hin und her, nickte jedoch ergeben.

Meine Tante ging um den Transporter herum, sodass wir uns einige Meter von den anderen entfernten.

„Dauert nur eine Minute, ich kann mir vorstellen, dass du großen Hunger haben musst."

„Schon in Ordnung, was gibt es denn?"

„Mir ist aufgefallen, dass du dich mit Lex angefreundet hast."

Oh. Langsam nickte ich.

„Ich denke, dass ich mich klar genug ausgedrückt habe, was die Interaktion mit Gästen angeht. Lex ist ein netter, gut aussehender junger Mann. Aber für alle, die hier arbeiten, gelten dieselben Regeln. Es tut mir leid, aber ich muss dich bitten, dass du umgehend beendest, was zwischen euch ist. Und bei allen zukünftigen Gästen bitte ich dich um mehr Professionalität."

Ich schluckte zerknirscht. „In Ordnung. Bitte entschuldige, ich hatte das nicht geplant. Und ich wollte dein Vertrauen nicht missbrauchen."

Die Gesichtszüge meiner Tante entspannten sich. „Ich weiß, dass die Situation für dich völlig neu und bestimmt etwas schwierig ist."

Danach war ich endlich entlassen und durfte mich zu Lex und den heißen Würstchen gesellen. Er ahnte wohl, worum es in dem Gespräch gegangen war, und verhielt sich völlig neutral.

Nach dem Essen holte Josie wieder ihre Gitarre hervor. Die Grillen zirpten, das Feuer knisterte und Josie

sang in angenehmer Tonlage. Es war die perfekte Lager-
feuerromantik und ich saß neben einem sehr attraktiven
Mann, den ich nicht berühren durfte.

„Möchtest du mit mir die Pferde kontrollieren?", fragte ich an Lex gewandt.

„Klar."

Shane und Josie sahen mich mit hochgezogenen Augenbrauen an.

„Wir sehen nur nach den Pferden", murmelte ich.

„Bitte halte sichtbaren Abstand", flüsterte ich auf dem
Weg zu den Reitpferden und verdrehte die Augen.

„Hast du Ärger mit deiner Tante bekommen?"

„Ja, wir müssen das offiziell beenden." Ich blickte in
seine grünen Augen und fühlte mich plötzlich sehr unge-
recht behandelt. Schließlich hatte ich meine Sommerpläne
aufgegeben und mich deshalb von meinem Freund getrennt. Alles nur, um Josie und Caleb zu helfen. Und nun
das. Was, wenn ich nicht tat, was sie sagte?

„Treffen wir uns hier draußen, wenn alle schlafen?",
fragte ich und fühlte mich dabei ungewohnt rebellisch.

Er blinzelte überrascht. „Ist das dein Ernst?"
„Ja. Aber jetzt wäre es gut, wenn du traurig den Kopf
hängen lässt. Immerhin habe ich gerade mit dir Schluss
gemacht."

Einige Stunden später krabbelte ich, immer noch voll-
ständig angezogen, aus dem Zelt. Megan erwachte beim
Geräusch, das der Reißverschluss verursachte, doch ich
hatte sie eingeweiht, also murmelte sie nur etwas Unver-
ständliches und drehte sich um.

Ich schlich lautlos zwischen den Zelten hindurch und fröstelte in der kühlen Nachtluft. Wir hatten keine exakte Uhrzeit vereinbart und ich überlegte, ob Lex inzwischen eingeschlafen war. Auch die Worte von Shane hatten gegen meinen Willen Eindruck hinterlassen. Er hatte ehrlich besorgt geklungen. Aber Lex würde mir nichts antun, oder? Kurz horchte ich in mich hinein. Warnte mein Bauchgefühl mich? Nein, in mir kribbelte es nur in freudiger Erwartung auf unsere nächste Begegnung. Und dann kam sein großer Schatten mit leisen, geschmeidigen Schritten auf mich zu.

„Ich vermisse dich jetzt schon", raunte Lex und küsste mich zärtlich.

Wir entfernten uns einige Meter vom Camp.

„Vielleicht sehen wir uns eines Tages wieder." Hier, unter dem weiten, sternenklaren Himmel Wyomings, schien nichts unmöglich zu sein.

Er lachte leise. „Ja, vielleicht. Es würde sich trotzdem anfühlen wie in einem anderen Leben."

„Stimmt. Wir sollten einfach die kurze Zeit genießen, die uns jetzt bleibt."

Wir ließen uns ins kniehohe Gras sinken, küssten uns und vergaßen die Welt um uns herum.

„Es wäre mein Traum, auf einer kleinen Farm mit zwei Pferden, einigen Hühnern und einer Holzveranda zu leben", murmelte Lex unvermittelt. „Am liebsten hätte ich eine kleine Landarztpraxis und jeden Tag, wenn ich nach Hause komme, warten meine Frau und unsere Kinder auf mich."

Ich lächelte. „Das klingt perfekt."

Er sah mich an. „Du bist perfekt. Kelly hasst diese Vorstellung, sie liebt das pulsierende Leben in der Stadt. Warum lebst du noch gleich auf einem anderen Kontinent und bist erst siebzehn?"

„Und warum hast du sie geheiratet, wenn ihr so unterschiedliche Wünsche habt?"

„Wie gesagt, wir waren einfach zu jung. Heute weiß ich auch, dass man sich das gründlich überlegen sollte."

Lex küsste mich wieder und nun fühlte es sich nach viel mehr an als einem Ferienflirt. Könnte ich nach Amerika auswandern wie Tante Josie und die Frau auf der Fantasiefarm werden? Würde Lex sich dann von Kelly trennen? Eigentlich hatte ich mir mein Leben so auch immer vorgestellt, nur nicht unbedingt in Amerika. Während ich diesen Gedanken weiterspann, erklangen Schritte hinter uns.

Ich schnellte herum und war erleichtert, als ich Shanes Silhouette erkannte.

„Wir wurden erwischt", stellte Lex fest und stand auf.

„Hanna, ich dachte, du wärst vernünftiger." Der junge Cowboy klang ungehalten und sein Gesicht hatte einen harten Ausdruck angenommen.

Ich sah zu Boden und fühlte mich ein bisschen wie unter den Blicken meiner Eltern, wenn ich auf einer Party länger als vereinbart geblieben war. Zwischen den beiden jungen Männern herrschte eine spürbare Spannung, doch niemand sagte ein Wort. So gingen wir zurück zum Camp. Lex drückte meine Hand, dann verschwand er.

Shane stand immer noch neben mir und sah mich anklagend an.

„Ich gehe jetzt in mein Zelt", murmelte ich leise.

„Du hast dich über Josies Anweisung hinweggesetzt. Und meine Bedenken ignoriert. Lex hätte dort draußen wer weiß was mit dir anstellen können und niemand hätte es bemerkt." Er schien wirklich wütend zu sein.

„Ich weiß. Bitte verrate uns nicht. Und ich danke dir, dass du dir Gedanken um mich machst." Einem plötzlichen Impuls folgend, umarmte ich ihn.

Er erwiderte meine Umarmung. „Versprich mir, dass du das nicht mehr machst. Sonst muss ich mich vor dein Zelt setzen und dich bewachen."

Ich konnte es nicht versprechen und nach einer Weile wandte Shane sich kopfschüttelnd ab.

„Schlaf gut, Hanna."

8. Ein gefährlicher Zwischenfall

Am nächsten Morgen zogen vereinzelte Wolken über den Himmel.

„Also Leute, heute ist unsere letzte Nacht im Freien. Am Nachmittag erreichen wir das Schattental." Shane sah uns eindringlich an. „Es könnte zu regnen beginnen, also bindet bitte eure Regenmäntel an die Sättel."

Bethany trug trotz Shanes Wetterprognose wie üblich üppig Sonnencreme auf und verstaute sie dann in ihrer Satteltasche.

Ich half Colin und Annie, ihre Regenmäntel sicher hinten am Westernsattel zu verschnüren. So, dass sie schnell griffbereit waren, sich nicht von allein lösen konnten und die Pferde nicht am Rücken scheuerten.

Shane führte uns durch waldiges Gebiet. Es war nicht so heiß wie die letzten Tage, dafür umschwirrten uns zahlreiche Insekten. Bethany und Samara ritten ein Stück vor mir. Weit waren wir noch nicht gekommen, als Bethany über Schmerzen und Juckreiz im Gesicht und an den Armen klagte. Als sie sich zu mir umdrehte, war ihre Haut an den betroffenen Stellen übersäht von roten Pusteln. Ich bemühte mich, nicht allzu geschockt auszusehen. Sie bot einen bemitleidenswerten Anblick.

„Ich glaube, ich muss kurz absitzen. Ich fühle mich nicht gut", krächzte sie und glitt auch schon von Cookies Rücken.

„Anhalten! Bethany geht es nicht gut!", rief ich nach vorn und saß ebenfalls ab.

Für mich sah es aus wie eine starke allergische Reaktion. Aber auf was? Ich bemühte mich, mein Wissen über Allergien zusammenzukratzen. Da ich keinen Allergiker in meinem direkten Umfeld hatte, beschränkte sich das auf ein Minimum. Wörter wie Atemnot, anaphylaktischer Schock und EpiPen spukten in meinem Kopf herum.

„Bekommst du genug Luft? Wurdest du von einem Insekt gestochen? Hattest du so etwas schon einmal?" Es waren viele Fragen, doch ich musste so schnell wie möglich Informationen aus ihr herausbekommen. Nervös betrachtete ich ihren roten, fleckigen Hals. Schwoll er bereits an?

Bethany begann mühsam und abgehakt zu sprechen: „Wurde nicht gestochen. Hatte ich vor einigen Jahren schon einmal. Wegen Gesichtscreme. Habe ich hier nicht verwendet."

Ich wandte mich an Samara. „Weißt du, wie das damals war? Musste sie ins Krankenhaus? Brauchte sie Medikamente?" Mein Puls raste und ich unterdrückte mühsam meine Panik. Bei einer heftigen Reaktion konnte eine Schwellung innerhalb von Minuten zu schlimmer Atemnot führen. Bis hier ein Hubschrauber landen und Bethany mit Sauerstoff versorgen würde, wäre es bestimmt zu spät für sie.

Die dunkelhaarige Frau schüttelte den Kopf. „Nein, das war wohl, bevor wir uns kennenlernten."

Shane und die Gruppe hatten uns inzwischen erreicht. Er, Lex und Donna kamen auf uns zugelaufen, die anderen kümmerten sich um die Herde.

Ich fasste kurz zusammen, was ich bisher erfahren hatte. Shane kramte in der Zwischenzeit in einer seiner Satteltaschen und zog einen EpiPen hervor.

Donna sah erschrocken aus. „Ich erinnere mich noch an das letzte Mal. Damals wurde sie im Krankenhaus behandelt. Sie hatte irgendeinen Inhaltsstoff einer neuen Gesichtscreme nicht vertragen. Es sah aber nicht so heftig aus wie jetzt."

„Eine Unverträglichkeit auf Adrenalin hast du nicht, oder?", fragte Lex in sachlichem Ton.

Bethany schüttelte den Kopf. „Nein. Habe ich damals auch bekommen."

Mit dem Adrenalin wurde es tatsächlich besser. Bethany atmete jedoch immer noch hektisch und Gesicht und Arme sahen nach wie vor schrecklich aus.

Shane bemühte sich, Ruhe auszustrahlen. „Okay, Bethany, sieh mich an. Atme ganz ruhig. Leg deine Hände auf meine Brust, dann spürst du den Rhythmus, mit dem ich atme. Versuch, dich nur darauf zu konzentrieren, und mach es mir nach, einverstanden?"

Bethany nickte und sah den jungen Mann aus roten, verschwollenen Augen an.

Zugegebenermaßen beeindruckte es mich, wie ruhig und professionell Shane mit ihr umging. Ich wusste nicht, wie lange wir dort saßen und gespannt jeden von Bethanys Atemzügen beobachteten.

„Ich werde jetzt mein Funkgerät holen und Shirley und Josie kontaktieren. Sie können noch nicht allzu weit sein und werden dich hier abholen", erklärte Shane und erhob sich langsam.

Sofort wurde Bethanys Atem wieder unregelmäßiger. Ich setzte mich auf Shanes Platz und legte ihre Hände nun auf meinen Oberkörper. Ihre Haut fühlte sich an, wie eine Kraterlandschaft und es kostete mich Überwindung, nicht sofort zurückzuzucken.

„Mach einfach genauso weiter wie mit Shane. Das hat doch gut geklappt." Dabei war ich mir nicht sicher, ob ich ebenfalls so ruhig atmete wie er und zwang mich, meine Atmung zu verlangsamen.

In meinem Kopf kreisten wirre Gedanken. Wir mussten herausfinden, was die Allergie verursacht hatte. Bethany durfte unter keinen Umständen erneut damit in Kontakt kommen. Ich hatte das Gefühl, dass ich es wusste, konnte den Gedanken jedoch nicht greifen.

Bethany versuchte ein Lächeln. „Wenn wir noch etwas warten, kann ich vielleicht mit euch reiten."

Shane war zurück und schüttelte entschieden den Kopf. „Kommt nicht infrage. Wir haben hier die Verantwortung. Du bist zwar stark, aber dein Kreislauf und dein Körper müssen sich hiervon erholen."

Die junge Frau nickte ergeben.

„Shirley und Josie können dich abholen und du legst dich im Transporter hin. Sollte es dir schlechter gehen, müssen sie umgehend Hilfe aus der Luft anfordern. Und wenn du dich morgen fit genug fühlst, kannst du mit uns zur Ranch zurückreiten, in Ordnung?" Der junge Cowboy sah sie fürsorglich an.

Bethany zeigte einen erhobenen Daumen und lehnte sich gegen Donna, die neben ihr saß. Trotz des Adrenalins wirkte sie völlig erschöpft. Shanes Entscheidung war also goldrichtig gewesen.

„Wir müssen wissen, was diese Reaktion bei dir ausgelöst hat. Du darfst damit auf keinen Fall mehr in Kontakt kommen. Hast du irgendeinen Verdacht?" Shane sah sie prüfend an.

Sie zuckte die Schultern und schüttelte den Kopf.

Da war plötzlich die Szene von heute Morgen vor meinem geistigen Auge. Bethany, wie sie ihre Sonnencreme auf genau den Stellen verteilte, die nun so heftig aussahen.

„Die Sonnencreme!", rief ich aus, ohne weiter nachzudenken.

Von den anderen kamen zweifelnde Blicke.

„Aber die benutzt sie schon die ganzen, letzten Tage", meinte Shane.

„Dann hat jetzt jemand etwas hineingetan. Jemand, der wusste, dass sie schon einmal auf den Inhaltsstoff einer Creme allergisch reagiert hat", behauptete ich. „Es sind genau die Stellen und es begann kurz nach dem letzten Auftragen heute Morgen."

Donna und Samara rissen die Augen auf, Bethany war kaum mehr zu einem Gesichtsausdruck fähig.

Lex gab mir recht. „Das wäre eine Möglichkeit. Es sieht für mich nach einer Kontaktallergie aus."

„Das würde ja bedeuten ..." Bethany brach ab und blickte zwischen Donna und Samara hin und her. Dann ließ sie ihren Blick zu Annie und Megan schweifen. „Warum sollte eine von euch mir so etwas antun? Wir sind Freundinnen."

„Das ist doch Blödsinn!", empörte sich Donna.

„Schmiert mir etwas davon auf den Bauch", bat Bethany. „Ich will das jetzt herausfinden!"

„Auf keinen Fall! Das ist viel zu gefährlich!" Ich schüttelte den Kopf.

Bethany sah mich mit grimmiger Entschlossenheit an. „Wenn jemand aus meiner Clique mich umbringen möchte, will ich es wissen. Sofort. Ich brauche nur einen winzigen Klecks."

Samara hatte sich bereits erhoben und holte die Creme aus der Satteltasche.

„Gib sie mir. Es könnte sich allgemein um eine schädliche Substanz handeln." Shane hob ein kleines Stöckchen vom Boden auf, verteilte etwas Creme darauf, ohne mit ihr in Berührung zu kommen, und gab einen winzigen Punkt davon auf Bethanys Bauch.

Er schien der Sache skeptisch gegenüber zu stehen, wollte jedoch genau wie wir anderen wissen, ob es wirklich an der Creme lag.

Gebannt starrten wir alle auf Bethanys Hautstelle. Und tatsächlich. Nach einigen Minuten zeigten sich auch hier rote Pusteln.

„Das kann nicht wahr sein!" Bethany rückte von Donna weg zu mir hin und sah plötzlich aus, wie ein verängstigtes, kleines Mädchen.

Ich glaubte keine Sekunde länger, dass Bethany hinter den Anschlägen steckte. Denn so etwas hätte sie sich nie im Leben selbst angetan.

War es eine ihrer Freundinnen, die genau gewusst hatte, welche Substanz sie der Creme zuführen musste?

Oder hatte der- oder diejenige kein spezifisches Wissen gehabt, sondern einfach ein allgemein gefährliches Mittel hinzugemischt? Das könnte ich in einem Selbstversuch gleich herausfinden. Bevor jemand reagieren konnte, ergriff ich die Tube und verteilte etwas Creme auf meinem Unterarm.

„Bist du völlig übergeschnappt? Wasch dir den Arm sofort ab!" Shane starrte mich wütend an.

„Nein." Rasch erklärte ich ihm meinen Gedankengang, doch er war trotzdem nicht begeistert von meiner, zugegebenermaßen etwas unüberlegten, Aktion.

„Wir haben nicht unbegrenzt Adrenalin dabei. Was, wenn es bei dir auch passiert?"

Aus irgendeinem Grund glaubte ich nicht daran. Während wir meinen Arm beobachteten, fuhren Shirley und Josie herbei. Wir waren glücklicherweise in der Nähe einer alten Forststraße und Bethany musste nur wenige Meter bis zum Fahrzeug zurücklegen.

Shane nahm Cookie das Sattelzeug ab und trug es zum Auto. Ich stützte Bethany und hielt in der anderen Hand das Fläschchen mit dem verhängnisvollen Inhalt.

Am Transporter angekommen, schilderten wir kurz den Sachverhalt. Die beiden Frauen hörten ungläubig zu.

„Wahrscheinlich wäre es besser, wenn Bethany bei euch bleibt, bis wir wissen, wer dahintersteckt", meinte ich und überreichte Shirley die Creme.

„Ja. Das ist eine Sache für die Polizei. Ein harmloser Streich war das nicht mehr." Tante Josie sah höchst beunruhigt aus und legte den Arm schützend um Bethany. Die warf mir einen fragenden Blick zu.

Mein Unterarm sah aus wie immer. Ich hatte also nicht darauf reagiert. Die Augen der jungen Frau blickten in meine und wir wussten beide, was das bedeutete. Jemand aus ihrem engsten Freundeskreis hatte ihr das angetan. Und zwar Donna, Annie oder Megan. Denn Samara hatte sie damals noch nicht gekannt.

„Am liebsten würde ich die ganze Gruppe hier abholen lassen und sie nie wiedersehen", sagte Shane, als wir zu den anderen zurückgingen.

Ich nickte betroffen. Mit so was hätte ich nie im Leben gerechnet, als ich meine Zusage für diesen Sommerjob gegeben hatte.

„Aber wir müssen die Herde zur Ranch bringen. Wir behandeln diese Leute so normal wie möglich. Übermorgen Vormittag sind wir sie alle wieder los." Shane war bei seinem Pferd angekommen und verschloss sorgfältig die Satteltasche. Dann warf er mir einen Blick über die Schulter zu. „Glaubst du jetzt an den Fluch?"

Tat ich das? Eigentlich nicht, denn all diese unschönen Dinge waren von Menschenhand verursacht worden.

Also schüttelte ich den Kopf und stieg auf Bonnies Rücken. Nun bildete ich mit Samara das Schlusslicht. Sie war nicht besonders gesprächig und überlegte wohl ebenfalls, wer von den anderen die Schuldige sein könnte. Die vorsichtige und intelligente Annie? Die wohlhabende, sympathische Donna? Oder meine Zeltkameradin, die sportliche, freundliche Megan?

9. Auge in Auge

Wir hatten etwa eine Stunde durch den Vorfall verloren und Shane legte ein flottes Tempo vor. Düstere Wolken zogen sich über uns zusammen und spiegelten perfekt die allgemeine Stimmung wider. Die Luft war drückend und schwül. In der Mittagspause würgten wir rasch unsere Sandwiches hinunter. Lex saß neben mir, doch ich war in Gedanken viel zu weit entfernt, um das Prickeln zwischen uns wahrzunehmen oder ein richtiges Gespräch mit ihm zu führen. Shane schlug vor, so schnell wie möglich weiter zu reiten, und wir stimmten alle zu. Irgendwann heute würden wir ziemlich nass werden. Wenn wir bis dahin unser Ziel erreicht und die Zelte aufgestellt hatten, wäre es wesentlich angenehmer.

Lex bat Samara am Nachmittag, ihm ihren Platz zu überlassen. Sie rang sich ein Lächeln ab und willigte ein. Ich würde also an seiner Seite ins berüchtigte Schattental einreiten. Wir erreichten es ungefähr eine Stunde nach der Mittagspause. Der Himmel war inzwischen von dunklen Wolken übersäht. In meinem T-Shirt begann ich zu frösteln, denn es hatte spürbar abgekühlt. Obwohl mir tausend Gedanken im Kopf herumspukten, konnte ich nicht umhin, die spektakuläre Landschaft zu bewundern.

Wir passierten eine Lücke zwischen sehr hohen Felswänden, die so schmal war, dass die Pferde hintereinandergehen mussten. Dann führte der Weg auf einem schmalen, steinigen Pfad entlang. Rechts von uns ragte beinahe senkrecht eine Felswand in die Höhe, links floss einige Meter unter uns ein Fluss. Er war weder besonders tief, noch besonders breit, sah aber sehr schön aus. Auf der anderen Seite wurde der Fluss auch wieder von hohen Felsen begrenzt. Laut Shane glich das Tal einem riesigen Trichter, durch dessen kleine Öffnung wir hereingekommen waren. Es war mir schleierhaft, wie die Leute damals eine Straße hier hindurch bauen wollten. Dafür hätten sie eine Menge Gestein sprengen müssen. Allerdings hatte man das für viele andere Straßen sicher auch getan. Ich dachte an diverse Tunnel entlang der Autobahnen und stellte mir gerade den Bau des Karawankentunnels auf dem Weg nach Kroatien vor, als die Herde unruhig wurde. Offenbar lag der Grund dafür bei den vorderen Pferden und alle anderen ließen sich rasch anstecken. Jet, der vor mir gewesen war, zog den Schwanz ein und knurrte. Mit zusammengekniffenen Augen versuchte ich zu erkennen, was vorn los war. Donnas Rappe stieg und bot einen dramatischen Anblick vor dem schiefergrauen Felsen und dem beinahe gleichfarbigen Himmel.

„Pass auf, Donna! Treib ihn nach vorn!" Shanes Stimme wurde durch die Felswände verstärkt.

Aber Rocket dachte gar nicht daran, weiterzugehen. Er warf sich herum und prallte gegen Shanes Wallach Chex. Der machte erschrocken einen Satz rückwärts.

Ich keuchte auf, als ich sah, wie er verzweifelt um sein Gleichgewicht kämpfte. Seine Hinterhufe waren bereits über den steilen Felsvorsprung gerutscht und suchten auf dem nahezu senkrechten Stück, das zum Fluss hin abfiel, nach Halt. Polternd rollten kleine und größere Steine zum Wasser und platschten hinein. Shane warf sich nach vorn, doch Chex hatte keine Chance. Hilflos mussten wir alle mit ansehen, wie Pferd und Reiter den Abhang hinunterstürzten.

Shane wurde aus dem Sattel katapultiert und kam am Fluss zum Liegen. Ein Teil von mir erwartete, dass er sich sofort aufrappeln und zu seinem Pferd eilen würde. Aber er rührte sich nicht. Aus der Entfernung konnte ich nicht erkennen, ob sein Gesicht im Wasser lag. Sein Wallach stürzte nicht bis ganz nach unten, sondern verfing sich etwa einen Meter über dem Flussbett in einigen Hölzern. Er kämpfte panisch darum, frei zu kommen, schaffte es jedoch nicht.

Ohne groß darüber nachzudenken, glitt ich aus dem Sattel, warf Lex Bonnies Zügel zu und schlitterte den Abhang hinunter. Ich war ein ganzes Stück hinter Chex und Shane und rannte nach vorn. Einige Meter vor dem Wallach wurde ich langsamer, um ihn nicht noch mehr in Panik zu versetzen. Immerhin, Shanes Gesicht war wenige Zentimeter vom Wasser entfernt. Chex befand sich in einer misslichen Lage. Sein linkes Vorderbein war zwischen zwei große Äste gerutscht, die aus dem Abhang herausragten. Vielleicht waren sie durch einen Erdrusch an diese Stelle geraten. Auch einer der Zügel hatte sich verfangen, sodass er gezwungen war, den Kopf gesenkt zu halten. Er ruderte mit den Hinterbeinen und ich konnte das Weiße in seinen Augen sehen. Das Pferd fixierte einen Punkt, nicht weit von uns entfernt.

Von oben drangen Geräusche an meine Ohren, die mich vermuten ließen, dass die Gruppe alle Hände voll zu tun hatte, die aufgeregte Herde in Schach zu halten. Eigentlich wollte ich als Erstes zu Shane, doch ich warf trotzdem einen Blick zu der Stelle, die Chex so gebannt anstarrte. Mein Herz setzte für einen Moment aus und ich versuchte zu verarbeiten, was ich sah. Ich starrte direkt in die runden, gelben Augen eines ausgewachsenen Pumas.

„Hanna? Ich komme jetzt zu dir runter!", hörte ich die Stimme von Lex wie aus weiter Ferne.

Ich wollte irgendetwas tun. Ihm zurufen, dass er das auf keinen Fall machen sollte, aber ich stand stumm da, nur wenige Meter von einem der gefährlichsten Raubtiere Amerikas entfernt. Die Großkatze kauerte in einer kleinen Höhle in dem Felsen, auf dem sich unser Reitweg befand. Das Tier hatte es nicht darauf angelegt, uns anzugreifen. Es hatte sich zurückgezogen. Vielleicht befand sich in der Höhle seine letzte Beute oder noch schlimmer, seine Jungen. Und nun waren ihm ein Pferd und ein Mensch direkt vor die Füße gefallen. Fieberhaft überlegte ich, was ich nun tun sollte. Der Puma war näher bei Chex und mir als bei Shane. Wenn er angreifen wollte, wäre der bewegungslose Mensch vermutlich seine erste Wahl. Konnte er verstehen, dass das Pferd nicht fliehen und ihn wahrscheinlich auch nicht ernsthaft verletzten konnte?

Was sollte ich nur tun? Er würde mich wohl kaum einfach den Rückzug antreten lassen. Und eigentlich kam das auch nicht infrage. Schließlich konnte ich Shane nicht seinem Schicksal überlassen. Mein Blick streifte Chex. Wenn ich etwas opfern müsste, dann lieber das Leben eines Pferdes als ein Menschenleben. Ich hörte Schritte, die sich schnell näherten. Zumindest Lex musste ich davor beschützen, in den Gefahrenbereich zu kommen. Gerade, als ich etwas rufen wollte, verstummten die Schritte. Offenbar hatte er den Puma erblickt. Auch die Raubkatze hatte den weiteren Menschen bemerkt, knurrte und duckte sich. Plötzlich kam mir der Gedanke, dass Shane ein Jagdgewehr an seinem Sattel befestigt hatte. Möglichst langsam wandte ich den Kopf. Es hing auf der mir zugewandten Seite an zwei Lederriemen. Konnte ich es schaffen, es vom Sattel zu lösen und zu schießen, bevor sich der Puma auf einen von uns stürzte? Treffen würde ich ihn vermutlich nicht. Und eigentlich wollte ich die majestätische Katze auch nicht töten. Doch vielleicht konnte ich das Tier mit einem Schuss verjagen? Eine bessere Idee hatte ich jedenfalls nicht. Sollte ich mich ganz langsam und möglichst unauffällig zu Chex bewegen oder so schnell ich konnte? Ohne den Blick von dem Raubtier zu nehmen, tastete ich nach Shanes Messer in der Tasche meiner Reithose. Ich bekam es zu fassen und ließ es aufschnappen. Es erzeugte nur ein minimales Geräusch. Trotzdem hatte der Puma es gehört und duckte sich noch weiter. Er sah aus, als würde er sich sprungbereit machen. Langsam ging ich einen Schritt zur Seite.

Nichts geschah. Ein weiterer und ich kam beinahe an das Gewehr heran. Ein letzter Schritt, dann fühlte ich das kühle Metall an meiner Hand. Nun kam der Teil, vor dem ich am meisten Angst hatte. Irgendwie glaubte ich, dass der Puma nichts tun würde, solange ich ihn anstarrte. Das war vermutlich völliger Blödsinn, doch bisher hatte es funktioniert. Um das Gewehr vom Sattel zu bekommen, musste ich den Blickkontakt unterbrechen. Blitzschnell durchtrennte ich mit dem scharfen Messer die beiden Lederriemen und hielt das schwere Jagdgewehr in der Hand. In diesem Moment bewegte sich Shane und lenkte damit unbewusst die Aufmerksamkeit des Pumas auf sich. Die gewaltige Katze setzte zum Sprung an. Ohne weiter nachzudenken, entsicherte ich, drückte den Hebel durch und feuerte einen Schuss ab. Der Lärm war ohrenbetäubend in der Schlucht. Chex wieherte schrill und angstvoll neben mir. Von oben hörte ich Schreie und galoppierende Pferdehufe auf dem harten Boden. Die Herde ging durch! Der Geruch des Raubtieres und der laute Knall waren zu viel für die aufgeregten Pferde gewesen. Der Puma änderte tatsächlich seine Richtung und lief von uns weg. Einige Sekunden starrte ich ihm nach. Er sprengte parallel zur Herde den Fluss entlang, doch das Tal verbreitete sich und dadurch vergrößerte sich sein Abstand zu den anderen. Für den Moment waren wir außer Gefahr. Meine Hände zitterten so stark, wie noch nie zuvor in meinem Leben. Erst jetzt bemerkte ich, dass mein Gesicht tränenüberströmt war. Lex trat von hinten an mich heran, nahm mir das Gewehr ab und sicherte es.

Ich taumelte zu Shane und ging neben ihm in die Knie.

„Was war das?", murmelte er. Seine Stimme klang, als wäre er betrunken.

Ich ignorierte seine Frage. „Wie geht es dir? Tut dir etwas weh? Kannst du deine Beine bewegen?"

Anstatt eine Antwort zu geben, setzte er sich auf. An seinem Kopf sah ich eine Platzwunde, doch die Blutung hielt sich in Grenzen.

„Was ist passiert?"

Er erinnerte sich offenbar nicht genau und hatte vermutlich eine Gehirnerschütterung.

„Du bist mit Chex einen Abhang hinuntergestürzt."

„Was ist mit Chex? Geht es ihm gut?" Er sah an mir vorbei zu seinem Wallach.

Lex stand neben dem Pferd und hatte mit meinem Messer die Zügel durchgeschnitten. Den Kopf hatte der Wallach inzwischen erhoben, doch er steckte noch fest.

„Ich sehe rasch nach ihm. Du bleibst einfach hier sitzen, verstanden?" Ohne eine Antwort abzuwarten, ging ich zu Lex und dem Pferd.

„Sein Bein ist eingeklemmt. Vielleicht schaffen wir es zu zweit, den Ast zur Seite zu bewegen", schlug er vor.

Wir zogen mit aller Kraft, aber wir schafften es nicht.

„Lass es uns mit dem Gewehr als Hebel probieren", schlug Lex vor. Auf diese Weise gelang es ihm tatsächlich, den Ast einige Zentimeter zu bewegen.

Ich zog das Pferdebein heraus und Chex sprang rückwärts. Er schonte das Vorderbein, doch allzu schlimm sah die Verletzung nicht aus.

Unsicher blickte ich zu Lex hinauf. Niemand war mehr in Lebensgefahr. Wir saßen jetzt hier mit einem lahmenden Pferd und einem verwundeten Cowboy. Wie weit die anderen Reiter und die Herde entfernt waren, wussten wir nicht.

„Wir sollten Shanes Wunde versorgen und den Fuß von Chex bandagieren", meinte Lex.

Ich nickte. „Dann verständigen wir Shirley und Josie über Funk. Vielleicht haben die anderen sie inzwischen erreicht und jemand kann mit Pferden für uns zurückkommen."

Die Verbandssachen befanden sich glücklicherweise in einer der Satteltaschen von Shane. Ohne dass wir uns absprachen, kümmerte Lex sich um den Cowboy und ich bandagierte das Vorderbein von Chex. Sobald ich damit fertig war, suchte ich in der vorderen Satteltasche nach dem Funkgerät. Als ich das eingedrückte Display sah, schwante mir Böses. Das über fünfhundert Kilo schwere Pferd war bei seinem Sturz anscheinend darauf gefallen. Dem betagten Gerät hatte dies wohl den Rest gegeben.

„Komm schon", murmelte ich beschwörend und drückte probehalber einige Knöpfe, doch es blieb tot. Trotzdem nahm ich es mit hinüber zu den Männern. Vielleicht war einer von ihnen ja technisch begabter als ich.

Shane warf einen Blick darauf und schüttelte langsam den bandagierten Kopf. „Das können wir vergessen. Aber die Lichtung, auf der Josie und Shirley mit dem Transporter auf uns warten, ist nicht allzu weit entfernt. Wenn ihr mir auf Chex helft, schaffen wir es bis dorthin."

Erst jetzt bemerkte ich, dass Shane einen Schuh ausgezogen und Lex ihm den Knöchel verbunden hatte. „Wie schlimm ist dein Fuß?", wollte ich wissen.

„Mit etwas Glück nur gezerrt. Aber gerade kann ich kaum auftreten."

In diesem Moment zuckte ein greller Blitz über den Himmel, dicht gefolgt von einem lauten Donnerschlag.

„Beeilen wir uns lieber. Das Wetter wird nicht besser." Lex befestigte das Gewehr wieder am Sattel und Shane verfolgte seine Bewegungen mit den Augen.

„Wer hat eigentlich geschossen? Und warum?" Verwirrt sah er zwischen uns hin und her.

„Hanna hat geschossen und damit einen Puma verjagt", erklärte Lex nüchtern.

Shane starrte mich an. „Du hast was? Hier war ein Puma? Dann hast du Chex und mir das Leben gerettet!"

„Ich wusste nicht, was ich sonst tun sollte. Aber jetzt lasst uns die anderen suchen. Mit dem Schuss habe ich nämlich auch die Pferde vertrieben."

Shane fiel erst jetzt auf, dass die Herde nicht mehr da war. Er war kreidebleich und obwohl er sinnvolle Sätze bildete, war ich mir ziemlich sicher, dass er eine Gehirnerschütterung hatte. Immerhin war er nach seinem Sturz bewusstlos gewesen. Hätte er statt seines Cowboyhutes einen Helm getragen, wäre vielleicht keine Platzwunde entstanden. Aber solche Überlegungen brachten uns auch nicht weiter. Wir halfen Shane in den Sattel. Ich hatte Mitleid mit dem tapferen Chex, doch es gab keine andere Möglichkeit, den jungen Cowboy zu transportieren.

„Wenn wir dem Fluss noch kurz folgen, kommt weiter vorn eine Stelle, an der der Abhang nicht ganz so steil ist. Dort kommen wir wieder auf den Weg", nuschelte Shane. Er saß zusammengesunken im Sattel und schwankte bedenklich von einer Seite auf die andere.

Lex und ich warfen uns beunruhigte Blicke zu. Da öffnete der Himmel seine Schleusen und schon prasselte heftiger Regen auf uns herab. Rasch löste ich den Regenmantel vom Sattel und half Shane hinein. Lex und ich waren dem Wetter schutzlos ausgeliefert. Chex kletterte mit beeindruckender Trittsicherheit über kleine und größere Steine neben dem Fluss. Möglicherweise regnete es weiter oben schon länger, jedenfalls schien der Fluss von Minute zu Minute mehr Wasser zu führen und ich war heilfroh, als wir endlich das flachere Stück erreichten und zum Pfad hinaufkletterten. Keuchend stolperte ich neben dem Kopf des Pferdes her. Oben angekommen wurde selbst der zuverlässige Chex wieder nervös. Der Wind heulte und es war beinahe so dunkel, als würde es bereits dämmern.

Hoffentlich erreichten wir die anderen ohne weitere Zwischenfälle. Meine Füße waren inzwischen komplett nass und quatschten bei jedem Schritt in den Westernboots. Die waren zwar zum Reiten perfekt, für längere Wanderungen aber nur bedingt geeignet. Ich fror, da ich nach wie vor nur mein T-Shirt trug, gleichzeitig stand mein Körper noch unter Spannung von der Begegnung mit der Raubkatze. Bald würden wir die Lichtung erreichen. Mit etwas Glück waren die Zelte bereits aufgebaut.

Shane könnte im Transporter versorgt werden, wir würden alle etwas zu Essen und etwas Warmes zu trinken bekommen. Außerdem könnten wir trockene Klamotten anziehen und uns in unsere Schlafsäcke kuscheln. Eine herrliche Vorstellung. Der Gedanke daran, ließ mich immer weiter vorwärts stolpern. War es wirklich erst gestern gewesen, als ich mit Lex im hohen Gras gesessen und geknutscht hatte? Es kam mir vor, als wäre es bereits Wochen her. Beunruhigt warf ich immer wieder Blicke zu der steilen Felswand rechts von uns. Konnten sich dort Felsbrocken lösen und uns unter sich begraben?

Wir waren noch nicht weit vorangekommen, als sich uns zwei Reiter näherten. Es waren Colin und Megan.

„Gott sei Dank, da seid ihr ja!", rief Colin aus. Er reichte Lex und mir unsere Regenmäntel.

„Konntet ihr die Herde auf der Lichtung beim Transporter stoppen?", fragte Shane.

Die beiden warfen sich unsichere Blicke zu.

„Wir haben die Herde auf der nächsten Lichtung gebremst, ja. Aber Josie und Shirley sind dort nicht", erwiderte Megan.

Shane starrte sie an und das letzte bisschen Farbe wich aus seinem Gesicht. „Was meinst du damit?" Seine Stimme war nur noch ein Flüstern.

„Sie warten bestimmt auf der nächsten Lichtung." Colin versuchte, aufmunternd zu klingen, doch Shane schüttelte den Kopf.

„Es gibt keine andere Lichtung im Schattental. Sie müssten längst da sein."

130

10. Nachtreiter

Diese Worte wirkten wie eine weitere kalte Dusche in dem Regen. Nach einer gefühlten Ewigkeit mündete das schmale Felsplateau unvermittelt auf einer grasbewachsenen Lichtung. An den Rändern wuchsen hohe Bäume und zwischen ihnen erkannten wir die Herde und die anderen Reiter. Von dem weißen Transporter war nichts zu sehen.

Wir halfen Shane vom Pferd und er ließ sich am Stamm einer dicken Fichte hinab auf den Boden gleiten. Schnell erklärten Lex und ich die Lage. Auch, dass das Funkgerät bei dem Sturz kaputt gegangen war und wir somit weder Kontakt zu Josie noch zur Ranch aufnehmen konnten.

Ich blickte in erschöpfte und hoffnungslose Gesichter. Die Leute wirkten müde, durchnässt, hungrig und ängstlich. Genau wie ich.

„Vielleicht sollten wir einfach warten. Möglicherweise gab es nur eine Verzögerung und sie kommen jeden Moment hier an", meinte Annie halbherzig. „Oder sie hatten eine Panne."

Mir wurde heiß und kalt. Konnten wir so viel Pech haben? Ich sah zu Shane hinüber. Der junge Mann hatte die Augen geschlossen und bot einen mitleiderregenden Anblick. Er hatte uns vor dem Fluch des Schattentals gewarnt. Und allmählich begann ich daran zu glauben.

„Eventuell ging es Bethany schlechter oder es ist etwas mit Josies Baby", mutmaßte Samara und riss mich damit aus meinen Gedanken.

„Oh Gott, das ist alles meine Schuld!", schluchzte Donna plötzlich auf.

„Ach was, hier hat niemand Schuld. Ich habe gesehen, wie Rocket gescheut hat. Er hat den Puma wohl gewittert und wollte nicht weitergehen", widersprach ich.

Donna brach vollkommen zusammen und krümmte sich auf dem nassen Boden. „Ich habe Bethany das angetan. Wenn sie nun stirbt, weil die Reaktion doch heftiger war, dann habe ich sie auf dem Gewissen!"

Jeder starrte fassungslos auf die am Boden kauernde Donna. Auch Shane hatte die Augen wieder geöffnet. Einen Moment lang waren wir alle still. Selbst der Wind hatte eine Pause eingelegt.

„Was? Aber warum?" Lex hatte sich als Erster gefangen und fixierte Donna voller Abscheu.

„Weil ich wollte, dass Colin sieht, wie hässlich sie sein kann. Innerlich und äußerlich."

Mit so einer Antwort hatte wohl niemand gerechnet, am allerwenigsten Colin selbst.

„Was habe ich denn damit zu tun?"

So brennend mich die Auflösung dieser Geschichte auch interessiert hätte, wir hatten gerade dringlichere Probleme.

„Du hast aber nichts am Fahrzeug manipuliert, oder?", fragte ich mit scharfer Stimme.

„Nein, sicher nicht", wimmerte sie.

In diesem Augenblick fasste ich einen Entschluss. Josie war meine Tante und wenn sie in der Klemme steckte, musste ich sie finden.

„Ich reite los und suche sie", verkündete ich. „Ihr bleibt hier, kümmert euch um Shane und passt auf die Herde auf."

Lex erhob sich. „Auf keinen Fall reitest du allein durchs Gewitter! Ich komme mit!"

„Mir wäre es lieber, wenn du bei Shane bleibst. Du verstehst wegen deines Studiums am meisten von Erster Hilfe und er sieht aus, als würde er jeden Moment erneut das Bewusstsein verlieren."

Der junge Mann folgte meinem Blick. Shane hatte die Augen wieder geschlossen. Der nasse, blutdurchtränkte Verband um seine Stirn bot einen unschönen Kontrast zu dem fast weißen Gesicht.

Lex stimmte widerwillig zu. „Dann nimm jemand anderes mit. Aber geh nicht allein!"

Ich nickte und ging zu dem Verletzten. „Shane, kannst du mich hören?"

Ein kaum merkliches Nicken.

„Ich reite jetzt los und suche nach Josie und Shirley. Wo muss ich hin?"

Einen Moment lang dachte ich, Shane würde nicht mehr reagieren, doch er schien nur seine Kräfte für die Antwort zu sammeln.

„Reite bis zum Ende des Tals. Dort beginnt eine Schotterstraße. Der musst du folgen. Eigentlich ganz einfach."

„Gut." Schnell stand ich auf und erhob die Stimme. „Okay. Also möglicherweise ist etwas mit dem Fahrzeug oder vielleicht mit Josies Baby. Hat irgendjemand von euch Ahnung von Autos oder Babys und wäre bereit, mich zu begleiten?" Mir war bewusst, dass das nach einem anstrengenden Tag im Sattel viel verlangt war.

„Ich kann dich begleiten. Mit Babys habe ich leider keine Erfahrung, aber ich habe meinem Vater von klein auf in seiner Autowerkstatt geholfen. Wenn sie eine Panne hatten, bekomme ich das hin." Das kam von der Frau, von der ich es am wenigsten erwartet hätte. Annie stand auf und ging zu ihrem Pferd.

Die stets ängstliche junge Frau war eigentlich die letzte, die ich auf einem Ritt durch das Schattental bei mir haben wollte, doch sie hatte sich sofort gemeldet und das rechnete ich ihr hoch an. Vielleicht wollte sie auch einfach Abstand zwischen sich und Donna bringen und fand den Ritt mit mir weniger gefährlich als ihre Freundin.

„Gut, vielen Dank, Annie!"

Dann löste ich das Gewehr wieder vom Sattel und nahm Colin zur Seite. „Ich habe gehört, dass du dich mit Shane einmal über das Gewehr unterhalten hast. Du kannst damit umgehen, oder?"

Der blonde Mann nickte.

„Gut. Dann gebe ich es dir und du passt auf die anderen auf. Und bitte habe ein Auge auf Donna. Von ihren Freundinnen traut sich wohl keine mehr in ihre Nähe."

Colin nickte erneut und nahm die Waffe entgegen.

Ich ging zu Bonnie und schwang mich in den völlig durchweichten Sattel.

Weder die wunderbare, braune Stute noch Annies Wallach zögerten, als wir sie von den anderen Pferden weg durch den Regen dirigierten. Die Pferde hier waren wirklich etwas Besonderes. Wir überquerten die Wiese und fanden die besagte Schotterstraße. So weit, so gut. Über uns tobte noch immer ein Gewitter und es war viel dunkler, als es normalerweise um diese Tageszeit wäre. Der Regen war so dicht, dass man nur wenige Meter weit sehen konnte. Wir ritten in einem gemäßigten Galopp, zu sehr wollte ich die Pferde nicht hetzen. Und dann gabelte sich plötzlich der Weg. Davon hatte Shane nichts gesagt. Ich bremste Bonnie und starrte verzweifelt erst auf den einen, dann auf den anderen Weg. Links oder rechts? Welche Richtung sollten wir bloß nehmen?

„Du weißt nicht, wo wir hinmüssen, oder?", fragte Annie mit dünner Stimme.

Ich schüttelte hilflos den Kopf. „Verdammt. Shane muss diese Abzweigung einfach vergessen haben."

Bonnie kaute auf dem Gebiss und trat ungeduldig auf der Stelle. Auf einmal wieherte sie und ich traute meinen Augen kaum. Auf dem rechten Weg war einige Meter vor uns, gerade am Ende unseres Sichtfeldes, ein Pferd mit Reiter aufgetaucht. Das Pferd war ein Blauschimmel, genau wie Stormy, der neben mir stand. Der Reiter trug einen schwarzen Umhang. Die beiden standen still wie eine Statue im Starkregen. Ein Blitz zuckte über den

Himmel, gefolgt von einem heftigen Donnerschlag. Unwillkürlich blinzelte ich. Beide Wege lagen nass und verlassen vor uns. Hatte ich mir die Gestalt auf dem Pferd etwa eingebildet?

Meine Stute schritt nun zielstrebig den rechten Weg entlang und ich vertraute ihr.

„Hast du …?" Ich blickte mich nach Annie um.

Der zutiefst erschrockene Ausdruck auf ihrem Gesicht reichte mir als Antwort.

„Das war der Geist, oder? Der Geist des jüngeren Bruders?" Sie klang ziemlich hysterisch und ließ Stormy abrupt anhalten. „Wenn er alle verflucht hat … Meinst du er lockt uns auf eine falsche Fährte?"

Das Gleiche war mir auch gerade durch den Kopf gegangen. Doch mein Instinkt sagte etwas anderes. „Die Pferde vertrauen ihm. Ich denke, wir sollten es auch tun." Ich musste rufen, um gegen die Geräusche von Wind und Regen anzukommen.

Annie nickte und wir setzten unseren Weg fort. Die Forststraße führte uns stetig bergauf und in einen Wald hinein. Waren wir gerade wirklich einem Gespenst begegnet? Pferd und Reiter waren weder durchsichtig, noch von einem bläulichen Schimmer umgeben gewesen. So hatte ich mir Geister als Kind jedenfalls immer vorgestellt. Doch wer konnte schon mit Sicherheit sagen, wie sie aussahen, falls sie existierten?

Bonnie und Stormy trabten fleißig dahin und ließen sich nicht aus dem Konzept bringen. Das Gewitter war endlich weitergezogen, dafür regnete es noch heftiger.

Wir waren etwa seit einer Stunde unterwegs, als wir um eine Kurve bogen und mein Herz erneut auszusetzen drohte. Wenn ich im Angesicht des Pumas bereits gedacht hatte, dass der Tag nicht schlimmer werden konnte, wurde ich nun eines Besseren belehrt. Vor uns sah ich den Pick-up mit Transporter. Ein riesiger Nadelbaum war umgestürzt und lag genau auf dem eingedrückten Führerhaus des Fahrzeugs. Nichts war zu hören, außer dem heftigen Prasseln des Regens.

„Oh mein Gott", hauchte Annie. In ihrem Gesicht stand der gleiche Horror, den ich fühlte.

Ich stieg mit zitternden Knien ab, gab Annie die Zügel und kletterte über den Baumstamm. Innerlich versuchte ich mich, für das zu wappnen, was ich gleich sehen würde. Natürlich gelang es mir nicht und die Tränen liefen bereits über mein Gesicht, als ich durch das kaputte Fenster auf der Fahrerseite blickte. Was immer ich erwartet hatte, es traf nicht zu. Das Innere des Wagens war leer. In dem Moment hörte ich einen schmerzerfüllten Schrei. Er kam aus dem Anhänger. Annie war inzwischen bei mir, vermutlich hatte sie die Pferde an einen Baum gebunden. Gemeinsam öffneten wir die Tür und blickten hinein. Dort waren Josie, Shirley und Bethany. Alle am Leben und wie es aussah unverletzt. Meine Tante lag auf dem Boden, an ihrem Kopf saß eine immer noch rothäutige Bethany und zwischen ihren Füßen kniete Shirley. Offenbar lag Tante Josie in den Wehen. Nun konnte ich mich nicht mehr zusammenreißen und begann hemmungslos zu schluchzen.

Bethany verließ ihren Posten an Josies Kopf und umarmte mich. „Du musst wahnsinnig erschrocken gewesen sein, als du das Auto gesehen hast", sagte sie mitfühlend.

Ein weiterer Schluchzer schüttelte meinen Körper. „Ich dachte, ihr wärt alle tot", brachte ich mühsam heraus und wischte mir über das Gesicht.

„Wir hatten unheimliches Glück", begann Bethany. „Josies Fruchtblase ist kurz vor dem Gewitter geplatzt. Wir hielten an und stiegen aus. Shirley wollte gerade Shane und die Ranch anfunken, da sah ich einen Reiter an uns vorbeigaloppieren. Wir dachten erst, jemand von euch wäre zufällig hier. Aber natürlich waren wir verwirrt, weil das Pferd einfach weiterlief, ohne anzuhalten. Wir gingen nach hinten, um ihm nachzusehen. In diesem Moment schlug ganz in der Nähe ein Blitz ein und der Baum krachte aufs Auto."

Annie und ich hörten fassungslos zu.

„Er hat euch das Leben gerettet", murmelte ich. „Er hat euch das Leben gerettet und uns zu euch geführt."

„Wer?" Bethany sah uns verständnislos an.

„John, der jüngere Bruder. Oder vielmehr der Geist von John aus dem Schattental", erwiderte ich.

Die drei Frauen starrten mich an, als hätte ich den Verstand verloren. Offenbar hatte Josie gerade eine Pause in den Wehen.

Annie nickte bekräftigend. „Das Pferd sah aus wie Stormy, nicht wahr?"

„Ja", flüsterte Bethany kaum hörbar. „Und der Reiter trug einen schwarzen Mantel."

„Das heißt noch lange nicht, dass ihr einen Geist gesehen habt, Mädchen", meinte Shirley. „Vielleicht war einfach ein Reiter zur richtigen Zeit am richtigen Ort."

Das bezweifelten wir stark, doch es gab im Augenblick Dringlicheres.

Ein weiterer Schrei von Josie kündigte das Voranschreiten der Geburt an und Bethany eilte wieder an ihren Platz.

„Warum seid ihr hier? Wo sind die anderen?", presste Josie hervor.

In sehr gekürzter Version erklärte ich unsere Lage. „Das Funkgerät im Wagen funktioniert vermutlich nicht mehr, oder?", wagte ich zu fragen.

Shirley schüttelte den Kopf. „Nein, wir wollten nach der Sache mit dem Baum die Ranch anfunken, aber es ist kaputt. Diese Nacht werden wir hier draußen verbringen müssen."

„Wie weit ist es von hier bis zum nächsten Haus?", erkundigte ich mich dennoch.

„Die nächste Ranch liegt geritten etwa drei Stunden entfernt. Bis zur Red Elm Ranch sind es noch ungefähr sechs Stunden", antwortete Shirley. Sie sah wohl, dass ich überlegte und fügte hinzu: „Das reitest du auf keinen Fall heute noch. Es wird bald stockfinster sein und du kennst dich hier nicht aus."

Ich nickte ergeben. „Okay. Dann reite ich zu den anderen zurück und bringe sie hierher. Wir haben kein Essen mehr und Shane sollte die Nacht im Transporter verbringen. Der Rest von uns kann in den Zelten schlafen."

Annie wollte gerade nach draußen klettern, doch ich hielt sie auf. „Es bringt nichts, wenn wir beide noch mal durch den Regen reiten. Bleib hier und hilf ihnen. Und falls du sonst nichts tun kannst, bereite Essen vor oder baue einige Zelte auf."

Die junge, blonde Frau sah mich zweifelnd an. „Bist du dir ganz sicher? Was wenn er noch dort draußen ist?"

Ich wusste genau, wen sie meinte, doch seltsamerweise verspürte ich keine Angst. „Ja. Ich bin sicher. Alles Gute, Tante Josie!"

„Dir auch!", keuchte sie.

„Halt! Nimm wenigstens meinen Reitmantel und diese Stirnlampe!" Bethany hielt mir die Sachen hin. Dankend nahm ich sie entgegen und schlüpfte in den warmen, trockenen Mantel. Der Regen traf mich wieder wie eine kalte Dusche. Doch ich war überzeugt, dass ich die richtige Entscheidung traf. Die Strecke zurück zu den anderen würde ich auch allein finden. Und sollte der Geist von John wirklich noch dort draußen sein, würde er mir bestimmt nichts antun. Es war tatsächlich schon beinahe dunkel und ich war froh über den Lichtkegel der Stirnlampe. Mühsam kletterte ich über den Baum zurück zu unseren Pferden. Ich nahm Stormy den Sattel ab und stieg auf Bonnie. „Tut mir leid mein Junge, du musst hier warten. In zwei Stunden bin ich mit deinen Freunden zurück", versprach ich.

Die Stute war auch im Dunklen vollkommen trittsicher und unerschrocken. Sie war ein fantastisches Pferd. Der Abschied von ihr am Ende des Sommers würde mir gewiss schwerfallen. Obwohl ich meine Trixie zu Hause natürlich über alles liebte, spürte ich, wie sehr dieses Abenteuer Bonnie und mich zusammenschweißte. Die glatten, offenen Lederzügel fühlten sich glitschig in meinen klammen, nassen Händen an. Manchmal lehnte ich mich nach vorn und legte meine Hände auf Bonnies Hals, um etwas von ihrer Körperwärme abzubekommen. Plötzlich ging mir auf, dass mir diese Situation bekannt vorkam. Auf dem Flug hierher hatte ich geträumt, dass ich ganz allein und unterkühlt durch eine verregnete Nacht ritt. Aber wie war das möglich? Hatte mein Unterbewusstsein etwas geahnt und versucht, mich zu warnen? Normalerweise glaubte ich nicht an solche Dinge, doch eigentlich hielt ich auch Geister für eine Ausgeburt der Fantasie. Diese Nacht veränderte vieles. Das Adrenalin verebbte langsam, auch wenn es natürlich nicht ungefährlich war, im dunklen durch fremdes Terrain zu reiten. Inzwischen hatte ich das Gefühl, dass mein Körper eine Art Gleichgültigkeit erreicht hatte. Ich funktionierte einfach. Wie ein berittener Roboter. In weniger als einer Stunde erreichte ich die anderen. Sie waren nicht erbaut, noch mal in die Sättel steigen zu müssen, trieben jedoch ohne Widerworte die Herde zusammen. Um Chex zu schonen, sattelten wir Cookie. Dann halfen Lex und Colin dem verletzen Shane auf die Stute.

„Ich denke, er hat Fieber. Es wird Zeit, dass er einen trockenen Platz zum Ausruhen bekommt", meinte Lex.

„Ist es nicht gefährlich, durch die Dunkelheit zu reiten? Wir haben unsere Taschenlampen im Transporter.

Die Pferde sehen auch nicht mehr als wir, oder?" Samara blickte mich unsicher an.

Innerlich verfluchte ich mich, weil ich nicht daran gedacht hatte, mehr Taschenlampen mitzubringen.

„Ich habe eine Stirnlampe, an der könnt ihr euch orientieren. Und Pferde sehen bei Dunkelheit besser als wir. Sie haben eine Art Restlichtverstärker hinter der Netzhaut. Ähnlich wie Hunde und Katzen. Schließlich müssen sie auch nachts vor Angreifern flüchten können."

„Wow, das habe ich auch nicht gewusst. Also gut, dann reiten wir los", sagte Megan bestimmt.

11. Neues Leben

Ich ritt an der Spitze der Herde, Shane saß wie ein nasser Sack auf Cookie, die neben mir durch den Regen trottete. Wann immer ich zurückblickte, sah ich gesenkte Köpfe, sowohl bei den Pferden, als auch den Reitern. Im Schritt kamen wir nur sehr langsam voran. Irgendwie hatte ich verdrängt, dass Annie und ich vorhin wesentlich schneller unterwegs gewesen waren und ich mit der ganzen Gruppe entsprechend länger brauchen würde. Doch mit Shane traute ich mich einfach nicht, das Tempo zu erhöhen. Hoffentlich würden wir in dieser Nacht von weiteren Unwettern und wilden Tieren verschont bleiben. Meine Stirnlampe war der einzige, feine Lichtstrahl. Inzwischen war ich so müde, dass ich jedes Zeitgefühl verloren hatte. Müssten wir nicht inzwischen da sein? Hatte ich etwa die falsche Abzweigung gewählt? Nein, wir waren sicher rechts abgebogen. Irgendwann erreichten wir endlich den großen, umgestürzten Baum, der die Motorhaube des Pick-ups verdeckte. Obwohl ich die anderen vorgewarnt hatte, hörte ich erschrockene Laute, als der Lichtkegel meiner Lampe darauf fiel.

Lex und Colin halfen mir, Shane aus dem Sattel und über den Baum zu bekommen. Die anderen kümmerten sich um die Pferde. Wir öffneten die Tür des Transporters und mir bot sich ein völlig anderes Bild, als noch vor wenigen Stunden. Überall in dem geräumigen Innenteil waren unsere Schlafsäcke ausgebreitet. Von Tante Josie war nichts zu sehen. Annie, Bethany und Shirley standen in dem winzigen Küchenbereich vor einem Berg Sandwiches. In diesem Moment hörte ich das Quietschen eines Babys und musste unwillkürlich lächeln. So schlimm diese Nacht auch gewesen war, sie hatte offenbar ein neues Leben hervorgebracht. Josie kam langsam aus dem separaten Schlafbereich. Sie sah erschöpft aus, hatte offensichtlich Schmerzen und bewegte sich mühsam. Doch auf ihrem Mund lag ein breites Lächeln. Im Arm hatte sie ihr winziges Baby, das in mehrere Handtücher gewickelt war und einen zufriedenen Eindruck machte.

„Oh, herzlichen Glückwunsch", hauchte ich. Shane war für einen Moment vergessen.

„Danke! Das ist Kiara." Sie lächelte voller Mutterstolz und warf dann einen besorgten Blick auf den jungen Cowboy.

„Er muss raus aus den nassen Klamotten und bekommt dann unser drittes Bett hier vorn", ordnete Shirley an. Sie hatte bereits Shanes Tasche herausgesucht und reichte uns trockene Kleidung. Wir zogen Shane so vorsichtig und rasch aus, wie wir konnten. Es fühlte sich für mich nicht merkwürdig an, sondern war einfach das einzig Richtige, was wir in dieser Situation tun konnten. Als wir es geschafft hatten, halfen wir ihm nach vorn auf eine der Pritschen, hüllten ihn in seinen Schlafsack und legten einige Decken darüber. Lex und Colin zogen sich vorn um, Samara, Megan, Donna und ich hinten bei den Schlafsäcken. Mechanisch schälte ich mich aus meinen nassen, kalten Klamotten. Es fühlte sich beinahe unwirklich an, in meine weiche Jogginghose und den schwarzen Kapuzenpulli zu schlüpfen, den ich für kühlere Nächte eingepackt hatte.

„Zelte aufstellen hätte bei diesem Wetter keinen Sinn. Ihr seid eine so kleine Gruppe, dass wir alle hier drin Platz haben. Es ist zwar nicht besonders komfortabel, aber immerhin trocken", meinte Shirley, und ich musste ihr recht geben.

Lex und ich verbanden Shanes Kopfwunde neu und stützten auch den Fuß mit einer sauberen, trockenen Bandage. Danach saßen wir alle in unseren Schlafsäcken, tranken aus Getränkedosen und stopften Sandwiches in uns hinein. Niemand sprach die Sache mit Donna an. Sie verhielt sich auffällig leise und sprach kein Wort, doch da wir alle müde und ausgesprochen wortkarg waren, fiel dieser Umstand nicht weiter auf. All das Unausgesprochene konnte morgen auf der Ranch diskutiert werden. Im Augenblick zählte nur, dass wir hier waren. Alle zusammen, in Sicherheit und im Trockenen.

Es war bereits nach drei Uhr morgens, als wir uns zum Schlafen hinlegten. Lex hatte seinen Schlafsack neben meinen gezogen und hielt eine meiner kalten Hände, während ich einschlief. Es war mir völlig egal, ob das jemand sah. Wir hatten gemeinsam in die Augen eines Pumas geblickt, da stand uns wohl ein bisschen Nähe zu.

Die Schlafqualität ließ bei so vielen Menschen auf kleinem Raum, inklusive eines Neugeborenen ohne Tag-Nacht-Rhythmus, natürlich sehr zu wünschen übrig. Schon nach kurzer Zeit war es hell und die Luft im Transporter ziemlich stickig. Der Regen hatte endlich aufgehört.

Wir frühstückten Sandwiches und berieten uns. Shane ging es etwas besser, doch er sah nicht so aus, als könne er einige Stunden im Sattel meistern.

„Da außer Shane, Josie und mir niemand den Weg kennt, sattelt mir bitte ein gutmütiges Pferdchen, dann bringe ich euch zur nächsten Ranch. Von dort aus rufen wir Hilfe und reiten zurück zur Red Elm Ranch." Shirley sah in die Runde und erntete allgemeine Zustimmung.

Erleichterung machte sich in mir breit. Ich musste mich also nicht mit der ganzen Gruppe in unbekanntes Gelände aufmachen, sondern konnte mich von Shirley führen lassen. Mein Körper fühlte sich an, als hätte ich überhaupt nicht geschlafen. Sämtliche Gliedmaßen schmerzten und mein Kopf war heiß, als hätte ich einen Sonnenbrand. „Aber jemand sollte hier bei Josie, dem Baby und Shane bleiben", bat ich.

Shirley nickte. „Wollte ich auch gerade sagen. Junger Mann, du kennst dich mit Medizin am besten von uns aus, wäre es in Ordnung, wenn du hierbleibst?" Sie sah zu Lex hinüber, der sofort einwilligte.

„Ich bleibe auch", verkündete Bethany. Sie hatte die kleine Kiara auf dem Arm, dass Tante Josie zwei Hände zum Essen frei hatte. Bethanys Gesicht erinnerte noch immer an eine Kraterlandschaft, doch offenbar hatte sich ihr körperlicher Zustand deutlich verbessert.

Wir legten den Pferden die nassen Sattelpads und die noch immer sehr durchweichten Sättel auf. Zu Hause hätte ich das nie getan, aber nun hatten wir keine andere Möglichkeit. Shirley ritt auf dem Appaloosa von Lex vornweg, ich nahm wieder den Platz am Ende der Herde ein. Jet lief hechelnd neben uns her. Chex lahmte kaum und wir ließen ihn mit der Herde mitlaufen. Wir waren noch nicht lange auf der matschigen Straße unterwegs, da platschten wieder schwere Tropfen auf uns herab. Gleichgültig zog ich meinen beigen Mantel an. Ich wollte nur noch Hilfe für die anderen holen, an der Ranch ankommen, diese merkwürdige Clique loswerden, duschen und mich in ein warmes Bett legen. Dass in zwei Tagen bereits die nächste Gruppe Feriengäste ankommen würde und alles wieder von vorn anfing, erschien mir völlig absurd. Wie sollte ich das den ganzen Sommer durchhalten? Würde es überhaupt weitergehen, jetzt, wo Shane verletzt und Josies Baby da war? Vielleicht mussten sie den Gästen der nächsten Wochen absagen? Könnte ich trotzdem hierbleiben und bis zu meinem Rückflug als Pferdepflegerin arbeiten?

Shirley gab mir ein Zeichen zu ihr nach vorn zu kommen und ich ließ Bonnie in einen leichten Galopp fallen. Sie lief immer noch so freudig und locker unter mir dahin, als hätte es den gestrigen Tag nicht gegeben.

„Hinter der nächsten Kurve liegt die Ranch. Ich will denen nicht die ganze Herde auf den Hof treiben und würde langsam daran vorbeireiten. Du reitest zur Ranch, erklärst unsere Lage und bittest sie, die Rettung für die anderen in die Wege zu leiten. Dann schließt du schnell zu uns auf, in Ordnung?"

Ich nickte, auch wenn es mir unangenehm war, Leute, die ich überhaupt nicht kannte, um Hilfe zu bitten. Insgeheim hatte ich gehofft, dass Shirley das übernehmen würde.

Als hätte sie meine Gedanken erraten, meinte sie: „Ach was, eigentlich ist es klüger, wenn ich zur Ranch reite. Ich kenne die Besitzer und kann besser beschreiben, wo der Unfall passiert ist. Wir tauschen einfach die Plätze und du folgst dieser Straße."

Reiten war wohl nicht das Lieblingshobby der korpulenten Shirley, doch sie beherrschte die Grundlagen. Besonders glücklich sahen allerdings weder sie, noch der Appaloosa aus, als sie mit ihm in Richtung Ranchhaus galoppierte.

Es dauerte nicht lange, bis sich das Duo wieder heftig atmend näherte. „Alles klar, Hilfe wird geschickt. Ich weiß schon, warum ich lieber im Pick-up mitfahre", keuchte Shirley.

Ich lächelte und wechselte wieder ans Ende der Herde.

Weitere drei Stunden später erreichten wir erschöpft und durchnässt die Ranch. Lex und Bethany kamen uns bereits trocken und in sauberen Klamotten aus dem Haupthaus entgegen. Die Rettung hatte also funktioniert. Wir versorgten rasch die Pferde, dann verschwanden alle in den Hütten.

Caleb bat mich ins Haus und ich durfte als Erste die dortige Dusche benutzen. Noch nie in meinem Leben hatte ich eine warme Dusche so sehr genossen, wie an diesem Tag. Wenig später saß ich bei einer Tasse dampfend heißer Schokolade am Tisch im Speiseraum und musste Caleb und seiner Mutter alles haarklein berichten. Max spielte am Boden. Tante Josie war mit der kleinen Kiara direkt ins Krankenhaus gebracht worden und auch Shane wurde dort untersucht. Lex und Bethany hatten schon einen Teil der Geschichte erzählt, doch Caleb wollte es aus meinem Mund hören. An der Stelle mit dem Puma stockte beiden der Atem und auch Max schaute ungläubig zu mir hinauf. „Du hast einen Puma mit Shanes Gewehr verjagt? Du bist ja eine coole Cousine!"

Ich lächelte matt. Als ich zu dem Teil kam, an dem Annie und ich den mysteriösen Reiter gesehen hatten, zögerte ich. Mein Bauchgefühl riet mir, vorerst keine Gespenstergeschichten zu verbreiten, und ich verließ mich darauf. Für Caleb war alles bestimmt schwer genug im Moment. Er tat mir richtig leid, weil er hier so tatenlos herumsitzen musste. Und dann gab es auch noch die Sache mit Donna, die wir besprechen mussten. Lex hatte bereits von den Vorkommnissen berichtet und auch, dass Donna in der Nacht gestanden hatte, dass sie dahintersteckte.

„Wie soll es jetzt weitergehen?", fragte ich schließlich. „Tante Josie muss mit dem Baby erst mal auf der Ranch bleiben, oder? Kann Shirleys Tochter sofort kommen und sie vertreten?"

Caleb nickte. „Ja. Sie ist bereits verständigt. Und Shirley leiht uns ihren Pick-up, bis wir einen neuen haben."

„Das ist gut! Aber was ist mit Shane? Kann er weitermachen?"

„Das ist das größere Problem. Wir müssen die Diagnose der Ärzte abwarten. Zur Not muss ich den Gästen sehr kurzfristig absagen."

12. Freunde und Lügner

Am Abend saßen wir versammelt um den großen Esstisch. Alle, außer Donna, die es vorgezogen hatte, allein in ihrer Hütte zu bleiben. Obwohl so viel passiert war und jedem sicher tausend Gedanken durch den Kopf gingen, war es eigenartig still. Die Spannung unter den Frauen war deutlich zu spüren. Auch Lex und ich konnten unseren letzten, gemeinsamen Abend nicht genießen und warfen uns lediglich hin und wieder Blicke zu. Schließlich hielt ich es nicht mehr aus und verließ den Tisch als Erste. Auch wenn es nicht meine Aufgabe war, musste ich wissen, was Donna dazu bewogen hatte, all diese Dinge zu tun. Also stapfte ich durch den Regen und klopfte an die Hüttentür. Donna öffnete zögernd. Ihr Gesicht war rot und verquollen vom Weinen.

„Also Donna, warum das alles?" fragte ich ganz direkt und bemühte mich, nicht allzu vorwurfsvoll zu klingen. Am liebsten hätte ich sie jedoch angeschrien.

Die junge Frau sank auf ihrem Bett zusammen. „Bethany und ich waren schon immer beste Freundinnen. Wir wohnten nebeneinander und waren unzertrennlich. Früher war ich genauso schlank und hübsch wie sie. Doch dann nahm ich zu. Ich aß nicht übermäßig viel, schätze ich habe nur einen schlechteren Stoffwechsel als die anderen. Bethany suchte sich mehr Freundinnen. Erst war da Megan, die so dünn war, dass es auch nicht mehr gut aussah. Dann Annie, die Streberin. Und schließlich kam noch Samara hinzu, diese falsche Schlange, die mir Bethany endgültig wegnahm." Ihre Stimme klang bitter, doch ihre Augen blickten traurig und verloren.

Dann sprach sie weiter. „Sie wollten mich ständig bei Diäten unterstützen oder mit mir Sport treiben. Dabei fühlte ich mich eigentlich nicht unwohl in meinem Körper. Das tat ich nach einiger Zeit nur, weil mir dauernd suggeriert wurde, dass ich dünner sein müsste."

Ob es sich wirklich so zugetragen hatte? Oder bildete Donna sich einiges davon ein?

„Ich hätte mir neue Freundinnen suchen können, doch wir hatten auch Spaß zusammen. Mir gefiel das Ansehen, das ich an der Schule genoss, nur weil ich in dieser Clique war. Und schließlich war ich nützlich für die anderen, denn nur dank der Kontakte meiner Eltern hatten wir Zutritt zu den angesagtesten Clubs."

„Aber jetzt seid ihr nicht mehr in der Highschool", warf ich vorsichtig ein.

„Stimmt. Trotzdem konnten wir nicht ohne einander sein. Als Colin in unsere Gegend zog, brachte er seine Pferde in dem Reitstall unter, an dem auch mein Pferd steht. So lernten wir uns kennen und ich war sofort in ihn verliebt. Dass er auch noch auf die gleiche Uni ging, schien wie eine Fügung des Schicksals. Und dann machte ich den großen Fehler und stellte ihn Bethany vor."

Langsam ahnte ich, was die Sache so hatte eskalieren lassen. Eifersucht. Wobei die meiner Meinung nach völlig unangemessen war. Schließlich hatten Colin und Bethany keine romantische Beziehung.

„Kurz vorher hatten wir diesen Ranchurlaub geplant. Ein richtiger Frauenausflug. Doch nach diesem Abend im Club war Bethany regelrecht besessen von Colin. Sie kam nicht einmal auf die Idee, dass ich Interesse an ihm haben könnte. Oder er an mir. Sie wollte ihn haben, also sollte sie ihn bekommen. Alle anderen waren derselben Meinung und stimmten Bethanys Idee zu, ihn zu dem Ranchurlaub zu überreden. Dass Lex auch dabei ist, war Colins Idee."

„Okay, aber warum hast du ihr nicht einfach gesagt, dass du auf ihn stehst?"

Sie sah mich an, als hätte ich nichts von dem verstanden, was sie gesagt hatte. „Weil Bethany immer alles bekommt, was sie will. Und da nahm ich mir vor, mich zu rächen. Dieser Urlaub war perfekt dafür geeignet. Niemand konnte weg, sie sollten alle einmal leiden. Am meisten natürlich Bethany."

Inzwischen sah sie nicht mehr so mitleiderregend aus. Ihre Augen wirkten fast schwarz und ihr Gesicht hatte einen harten Ausdruck angenommen.

„Aber der Steigbügelriemen …"

Sie machte eine wegwerfende Handbewegung. „Das war ich natürlich selbst. Regel Nummer eins, wenn niemand dich verdächtigen soll: Dir muss etwas zustoßen."

„Du hättest vom Pferd fallen können."

„Unsinn, ich wusste ja, dass er präpariert war. Ich musste nur einmal kräftig hineintreten und er riss ab. Dann gab ich Annie das Durchfallmittel. Sie sollte einmal im Leben nicht alles unter Kontrolle haben." Donna lachte freudlos. „Und Samara bekam die Schlange ins Zelt. Dass ich die Grasnatter fand, war ein Glücksfall, eigentlich hatte ich eine Gummischlange dabei, um sie so richtig zu erschrecken."

„Sie hätte ernsthaft verletzt werden können", protestierte ich. „Woher wusstest du überhaupt, dass Samara die Schlange findet und nicht Bethany?"

„Bethany saß an dem Abend glücklich neben Colin am Feuer, sie wäre niemals freiwillig früh zu Bett gegangen. Und so eine kleine Natter beißt nicht gern. Selbst wenn sie Samara gebissen hätte, der Huftritt den sie abbekommen hat, war wahrscheinlich schlimmer und damit hatte ich nichts zu tun."

„Aber mit Megans Tagebuch."

„Oh ja, wer hätte gedacht, dass dort so etwas pikantes drinsteht? Ich wollte es ihr eigentlich nur für einige Tage wegnehmen, weil ich genau weiß, wie viel es ihr bedeutet. Was dann dabei herauskam, war umso herrlicher." Sie kicherte.

Darauf wollte ich nicht näher eingehen, denn Donna war die Letzte, mit der ich über den Kuss zwischen Megan und mir sprechen wollte. Ich war ihr dankbar, dass sie das nicht vor allen erwähnt hatte.

„Und Bethany? Du hättest sie umbringen können!" Inzwischen wurde ich zunehmend ungehaltener.

„Ja, das war so nicht geplant. Ich wollte, dass sie einen gehörigen Ausschlag bekommt, sodass Colin sich richtig vor ihr ekelt."

Ich atmete hörbar aus.

„Die Reaktion vor einigen Jahren war weniger heftig und ich wusste noch genau, welche Creme es gewesen war. Also spritzte ich einiges davon durch die Öffnung ihrer Sonnencreme. Ich hatte nicht erwartet, dass es so schlimm wird."

Etwas an Donnas Blick brachte mich dazu, ihr das zu glauben. Sie war nicht böse. Sie hatte über viele Jahre unter dem Druck der Gesellschaft und speziell ihrer Clique gelitten. Das hinterließ Spuren in ihrer Psyche. Auf mich machte sie den Eindruck, als wäre sie teilweise mit ihrer Entwicklung in der Jugend stehen geblieben. Denn solche Streiche passten meiner Meinung nach nicht zu einer Frau in den Zwanzigern.

„Du hättest mit einem der anderen Mädchen reden können. Oder direkt mit Colin."

Donna schnaubte. „Wenn Bethany sich etwas in den Kopf setzt, zieht sie es auch durch. Da wagt es keine von den anderen, etwas zu sagen. Und ich traute mich nicht, Colin direkt anzusprechen. Ich hoffte einfach, dass wir hier an den Abenden romantisch zusammensitzen und er sich doch noch in mich verliebt."

Mir fiel ein, wie oft ich neben Colin am Lagerfeuer gesessen hatte. Warum war ich nicht zu Donnas Zielscheibe geworden? Oder hatte ich einfach riesiges Glück gehabt? Das fragte ich sie nun.

155

Donna zuckte die Schultern. „Dass Colins Interesse an dir rein oberflächlich war, war zu offensichtlich. Dass du und Megan euch so füreinander interessiert, fand ich erst durch das Tagebuch heraus. Lex habe ich also nur zur Sicherheit auf dich angesetzt."

„Wie bitte?"

Sie lachte. „Ach Hanna. Ich wusste von der Beziehungspause, weil Kelly und ich viele gemeinsame Vorlesungen besuchen. Lex wollte ein Abenteuer für den Sommer und mithilfe einer kleinen Wette habe ich dafür gesorgt, dass du dieses Abenteuer bist. Dir hat es gefallen, gib es ruhig zu!"

Mir wurde schlecht. Lex hatte sich nur wegen einer Wette für mich interessiert? Was war mit all den Blicken, der knisternden Spannung und den langen Gesprächen zwischen uns?

Ich stand wortlos auf und ging hinaus. Inzwischen war es dunkel. Um mich zu beruhigen, atmete ich mehrere Male tief ein. Es roch angenehm nach Pferden und feuchter Erde. Eigentlich wollte ich niemanden mehr von den anderen sehen. Am allerwenigsten Lex. Doch dann fiel mir ein, dass ich immer noch nicht wusste, wie es Shane ging. Ob er sich inzwischen aus dem Krankenhaus gemeldet hatte? Widerwillig schlürfte ich auf das Haupthaus zu. Die Fenster zum Speisesaal waren hell erleuchtet und es sah aus, als säßen drinnen noch alle beisammen. So war es auch.

„Hanna, gut dass du kommst!", rief Caleb mit seiner dröhnenden Stimme. „Shane hat angerufen. Es geht ihm gut bis auf eine Gehirnerschütterung und das gezerrte Bein." Caleb sah so erleichtert aus, wie ich mich plötzlich fühlte.

„Ein Glück, dass er alles ohne größeren Schaden überstanden hat!"

„Dank dir! Trotzdem darf er eine Woche nicht reiten und muss sich noch etwas schonen."

Das klang ziemlich ernüchternd. „Dann musst du den nächsten Gästen absagen?"

Caleb nickte. „Ja leider, aber die übernächste Gruppe kann wie geplant kommen."

„Ich hätte da eine Idee", meldete sich Lex zu Wort. „Können wir kurz unter vier Augen sprechen, Caleb?"

Der nickte und verließ mit Lex das Zimmer.

„Wo warst du solange?", wollte Megan wissen.

„Bei Donna."

Die Frauen sahen einander an, doch keine sagte etwas.

„Ich denke, ihr solltet mit ihr sprechen. Ihr müsst ohnehin alle denselben Flug nach Hause nehmen. Was sie getan hat, kann man nicht so leicht verzeihen, aber ihr kennt euch schon so lange und …"

„Hanna hat recht", meinte Bethany und erhob sich. „Kommt mit!"

Dann war ich allein mit Shirley und Colin. Shirley fragte Colin über sein Studium aus und ich nutzte die Zeit, um über ihn nachzudenken. Er hatte für Donna den Anstoß gegeben, sich all diese Dinge auszudenken. Dabei war er in meinen Augen weder besonders attraktiv noch sonst irgendwie anziehend.

Lex und Caleb kamen zurück und Lex zwinkerte mir zu. Ich wandte den Blick ab und wollte am liebsten ins Bett gehen, aber ich war neugierig, was er Caleb vorgeschlagen hatte.

„Lex hat angeboten, noch einige Zeit zu bleiben und uns unter die Arme zu greifen. Er hat bis zum Ende des Sommers nichts vor und könnte sich gut vorstellen, bis dahin hier mitzuarbeiten." Caleb sah erleichtert aus.

„Nein!", hörte ich mich sagen.

Alle Blicke flogen überrascht zu mir.

Lex sah vollkommen verwirrt aus. Sollte ich vor Colin, Shirley und Caleb erklären, dass Lex offenbar nur wegen einer Wette mit mir geflirtet hatte und ich deshalb beleidigt war? Genau das hätte Tante Josie mit unprofessionell gemeint.

„Lex und ich kennen den Weg nicht gut genug", erklärte ich und war froh, dass mir etwas Sinnvolles eingefallen war. Schließlich waren wir die Strecke erst einmal geritten.

Shirley seufzte ergeben. „Ich kenne die Route. Wenn es eine absolute Ausnahme ist, reite ich mit und Shane kann meiner Tochter im Transporter helfen. Sobald es Shane wieder gut geht, wird getauscht."

Brauchten wir Lex dann überhaupt? Bevor ich diese Frage stellen konnte, wurde sie bereits von Shirley beantwortet. „Mit dem Versorgen der Pferde und dem Aufbauen der Zelte will ich aber nichts zu tun haben. Das ist dann die Aufgabe von Lex und Hanna. Ich möchte nach den Stunden im Sattel meine schmerzenden Gliedmaßen schonen." Offenbar machte ihr der heutige Tag im Sattel bereits zu schaffen, denn sie bewegte sich recht steif.

Alle Augen waren nun auf mich gerichtet.

„Okay", sagte ich nur. Dann wünschte ich allen eine gute Nacht und ging in meine Hütte. Kaum dort angekommen, wurde ich von Lex eingeholt.

„Hanna, was ist denn los? Ich dachte, du freust dich, wenn wir noch etwas Zeit zusammen verbringen können! Das war der Hauptgrund, warum ich es Caleb vorgeschlagen habe! Mein Flugticket für morgen verfällt und ich bin nicht so wohlhabend wie einige andere hier." Seine schönen Augen sahen mich aufrichtig verwirrt an.

Ich seufzte und setzte mich auf die Treppe vor der Tür. Lex ließ sich sofort neben mir nieder.

„Donna hat mir erzählt, dass es eine Wette gab."

„Ach, darum geht es. Ich habe sie ehrlich gesagt schon wieder vergessen." Er lachte, doch ich stimmte nicht ein.

„Okay, es ist wahr, dass Donna mich mit einer kleinen Wette dazu angestiftet hat, mit dir zu flirten. Aber das hätte sie nicht gemusst. Du hast mir von Anfang an gut gefallen. Viel besser als all die anderen Mädchen. Also habe ich mir nichts dabei gedacht."

„Wie genau sah diese Wette denn aus?", fragte ich, immer noch argwöhnisch.

„Donna meinte, du tätest ihr leid, weil du dringend etwas Spaß nötig hättest und den ganzen Sommer hier mit Shane festsitzen würdest. Aber dass ich ja für etwas Abwechslung sorgen könnte. Da war ich natürlich nicht abgeneigt."

Sein Knie stieß gegen meins und ich zog es nicht weg. Noch immer mochte ich es, wenn wir uns berührten.

„Und weiter?"

„Sie behauptete, dass ich es nicht schaffen würde, dich innerhalb von drei Tagen zu küssen. Ich hielt dagegen. Das war alles."

„Und was war der Einsatz?"

„Es gab keinen. Wäre mir auch völlig egal gewesen, ich hatte ohnehin vor, dich zu küssen."

„Hm."

„Komm schon, Hanna, auch wenn es nur für diesen Sommer ist, aber zwischen uns ist doch etwas."

Ich nickte langsam und schon lag wieder dieses fantastische Lächeln auf seinem Gesicht.

„Außerdem bin ich nun offiziell ein Betreuer und kein Gast mehr. Gibt es dafür auch eine Regel?"

„Davon hat niemand etwas gesagt", brummte ich, musste dabei aber schmunzeln.

„Dann darf ich dich wieder küssen?" Er sah mich fragend an und griff nach meiner Hand.

Statt einer Antwort küsste ich ihn. Es begann wieder zu regnen, aber es war ein leichter, feiner Sommerregen.

„Entschuldigt, ich wollte nicht stören." Megan kam angelaufen und konnte nicht in die Hütte, weil wir davorsaßen.

„Schon in Ordnung. Ich lasse euch Mädchen mal allein." Lex erhob sich.

Ich tat es ihm gleich und konnte mir ein Grinsen nicht verkneifen.

„Wie lief es mit Donna?", fragte ich, als Megan und ich es uns auf den Betten bequem machten.

Sie seufzte. „Es war ein heftiges Gespräch, aber wir sind der Meinung, dass sie Hilfe braucht. Sie hat wohl vieles falsch verstanden, doch einige Dinge waren auch von unserer Seite nicht richtig. Jedenfalls wenden wir uns nicht von ihr ab. Da wir Donna so weit getrieben haben, wollen wir ihr aus dieser Spirale auch wieder heraushelfen. Zu Hause möchten wir alle gemeinsam zu einem Therapeuten gehen und herausfinden, ob unsere Freundschaft zu retten ist."

„Wow, das finde ich toll von euch!"

„Es wird sicher nicht ganz einfach für uns alle. Diese Woche hat viel ans Licht gebracht. Und wie geht es dir? Der Abschied von Lex fällt dir sicher schwer."

Ich lächelte. „Zum Glück muss ich mich noch nicht gleich verabschieden. Lex bleibt noch einige Zeit und arbeitet hier, bis Shane wieder einsatzfähig ist. Vielleicht sogar etwas länger."

Megan sah erstaunt aus. „Das ist ja großartig! Freut mich für euch!"

„Danke. Wenn er abreist, werde ich mir mit Sicherheit die Augen ausheulen. Auch wenn mir bewusst ist, dass es nur eine kurze Romanze ist. Wenn ich mir bloß vorstelle, dass er danach vielleicht einfach zu dieser Kelly zurückgeht ..."

„Dann stelle es dir nicht vor."

„Das sagst du so einfach. Wie ist diese Kelly eigentlich? Du musst sie doch kennen. Zumindest vom Sehen."

Diese Frage hätte ich Megan am liebsten schon gestellt, als ich von Kellys Existenz erfahren hatte. Doch damals traute ich mich nicht. Vielleicht hatte ich Angst vor ihrer Antwort. Möglicherweise konnte ich ihr nicht ansatzweise das Wasser reichen.

Megan zuckte hilflos die Schultern. „Keine Ahnung was du hören willst, Hanna. Sie ist ein komplett anderer Typ als du. Ich finde nicht, dass Lex und sie besonders harmonisch zusammen wirken. Aber ich kenne sie nicht gut genug, um das wirklich beurteilen zu können. "

Das half mir nicht weiter, doch ich beließ es dabei.

Der Abschied von der Gruppe am nächsten Tag verlief irgendwie seltsam. Mit diesen Leuten hatte ich so viel durchgemacht und bereits nach der kurzen Zeit, fühlte ich mich völlig verändert. Ich umarmte Megan lange. Sie würde mir immer in besonderer Erinnerung bleiben.

„Schreib mir, falls du wieder mal nach Amerika kommst. Du könntest mich in Kentucky besuchen, dann nehme ich dich mit zu den berühmten Rennbahnen!" Ihre Augen funkelten voller Unternehmungslust und ich grinste breit.

Auch dass Lex neben mir stand und nicht wie die anderen Reisetaschen ins Auto packte, fühlte sich merkwürdig an. Shirleys Tochter war in der Nacht angekommen und nun fuhren sie, Shirley und Lex mit drei Autos in die Stadt. Sie würden die bisherigen Gäste zum Flughafen bringen und einkaufen. Außerdem konnten sie Shane und Josie mit dem Baby im Krankenhaus abholen und die neuen Gäste am Flughafen einsammeln.

Für mich hieß es in der Zwischenzeit Hütten putzen und Betten beziehen. Auf dem morgigen Ausritt würde ich Zeit haben, mich mit dem Appaloosa, den ich nächste Woche reiten würde, vertraut zu machen.

Einige Stunden später saß ich in Shanes Hütte. Die Urlauber bezogen gerade ihre Unterkünfte und Lex hatte die Fütterung der Pferde übernommen. Tante Josie und der kleinen Kiara ging es prächtig. Mit zweitem Namen hieß sie nun Joanne, nach der Geliebten von John, dem jüngeren Bruder aus dem Schattental. Meine Tante hielt es wohl nicht für ganz ausgeschlossen, dass sein Geist ihnen das Leben gerettet hatte.

„Dein Gesicht sieht echt abenteuerlich aus", meinte ich und musterte die vielen Blutergüsse, die in unterschiedlichen Blau-, Grün- und Gelbnuancen Shanes Haut zierten.

Der junge Cowboy grinste schief. „Seit du da bist, war es auch ziemlich aufregend."

„He, ich konnte nichts dafür!"

„Weiß ich. Du hast deine Sache hervorragend gemacht." Er legte eine Hand auf meine. „Ganz ehrlich, Hanna, dir habe ich wahrscheinlich mein Leben zu verdanken. Das werde ich dir nie vergessen."

„Du hättest das Gleiche für mich getan."

„Ja." Seine grünen Augen blickten tief in meine. „Trotzdem, ich habe dich unterschätzt und war am Anfang nicht gerade freundlich zu dir. Das tut mir leid und ich hoffe wirklich, dass du mir verzeihen kannst."

„Schon in Ordnung." Langsam wurde ich verlegen. „Jetzt musst du mir nur noch Lassowerfen beibringen.

Die Sache mit dem Jagdgewehr habe ich ja wohl gut hin-
bekommen!" Ich lachte, um zu zeigen, dass ich nur einen
Scherz gemacht hatte.

Shane grinste. „Du bekommst so viele Privatstunden,
wie du möchtest. Das heißt, wenn du neben der ganzen
Flirterei mit Lex noch Zeit dafür hast!"

Ich boxte ihn so fest ich mich traute in die Rippen, und
wir lachten beide.

Plötzlich fiel mir ein, dass ich ihm noch nichts von
dem Reiter erzählt hatte, den Annie, Bethany und ich in
jener Nacht zu sehen geglaubt hatten.

„Shane, ich muss dir noch etwas sagen", begann ich
und der junge Mann lauschte andächtig meiner abenteu-
erlichen Geschichte.

„Nun, vielleicht hat der jüngere Bruder beschlossen,
dass er mit seinem Fluch genug Leuten geschadet hat,
und möchte nun etwas davon wieder gutmachen", überlegte Shane laut.

„Du hältst mich und die anderen beiden also nicht für
verrückt?"

Er lachte auf. „Nein, wenn jemand an die Sage vom
Schattental glaubt, dann ja wohl ich. Sonst hätte ich sie
euch nicht erzählt. Ich finde den Gedanken, dass wir
nichts mehr vor dem Fluch zu befürchten haben, sehr
beruhigend. Vor allem, weil wir mit den neuen Gästen
auch wieder ins Schattental müssen. Was dich angeht,
Hanna: Du bist die mutigste, junge Frau, die ich kenne.
Du hast einen ausgewachsenen Puma verjagt, um mich
zu retten, bist wahrscheinlich einem Geist begegnet und

danach trotzdem allein durch die Nacht geritten. Und so ganz nebenbei hast du herausgefunden, was es mit diesen seltsamen Gästen auf sich hat."

Da läutete die Glocke zum Abendessen und Shane erhob sich mühsam. Nebeneinander gingen wir auf das Hauptgebäude zu. Die Ranch lag in ihrer ganzen Schönheit in der Abenddämmerung vor uns. Inzwischen fühlte ich mich, als wäre ich ein Teil davon und trug Jeans, Westernstiefel, Hut und eine karierte Bluse, als würde ich schon mein ganzes Leben damit herumlaufen.

Lex kam uns entgegengeschlendert und sein bloßer Anblick ließ mein Herz höherschlagen. Könnte ich auf Dauer mit ihm zusammen sein? Wahrscheinlich war das, was wir im Moment füreinander empfanden, wenig alltagstauglich. Trotzdem, mit Lex und Shane an meiner Seite, musste der Rest des Sommers doch ein wunderschönes Abenteuer werden, oder?

Außerdem von dieser Autorin erschienen:

Das Vermächtnis des goldenen Pferdes
Das Leben der 15-jährigen Gemma Bergman
verändert sich, als ihre Eltern ein altes Hotel in
Schweden wiedereröffnen.
Bald bemerkt Gemma merkwürdige Dinge,
die sie bis in ihre Träume zu verfolgen
scheinen. Zudem benimmt sich ihre Stute
Duchess immer unberechenbarer.
Kann ihr der gut aussehende Reitlehrer Luke
dabei helfen? Gemma ist hin- und hergerissen
zwischen ihren Gefühlen für den charmanten
Nathan und ihrer Schwärmerei für Luke.
Und was hat es mit dem geheimnisvollen,
goldenen Pferd auf sich, von dem das Hotel
seinen Namen hat? Wird sie es schaffen, das
Rätsel zu lösen, bevor jemand in ernsthafte
Gefahr gerät?
ISBN: 978-3-7583-6773-1

Die Legende von Londerry Hall
Für Caitlin und ihre beste Freundin Tara
beginnt ein aufregender Sommer, als zwei gut
aussehende Brüder ins Nachbaranwesen
Londerry Hall einziehen.
Die vier pferdebegeisterten Jugendlichen
freunden sich rasch an und trainieren ihre
Pferde gemeinsam für das bevorstehende
Herbstturnier.
Als eine Gruppe Kunststudenten nach Lon-
derry Hall kommt, verschwindet ein altes
Gemälde auf merkwürdige Weise. Gleichzeitig
machen Gerüchte von einer unheilbringenden
Gespensterreiterin die Runde.
Caitlin und ihre Freunde sind fest
entschlossen, den Dingen auf den Grund zu
gehen.
ISBN: 978-3-7583-1072-0

Deutsch	Englisch
Stute	mare
Wallach	gelding
Hengst	stallion
Fohlen	foal
Absetzer	weanling
Jährling	yearling
Jungpferd (m/w)	colt/filly
Zuchtstute	broodmare
füttern	to feed
Heu	hay
Hafer	oats
Getreide	grain
tränken	to water
Eimer	bucket
ausmisten	to muck (out)
Schubkarre	wheelbarrow
Schimmel	grey
Apfelschimmel	dapple grey
Blauschimmel	blue roan
Rotschimmel	red roan
Schecke (schwarz-weiß)	piebald
Schecke (farbig)	skewbald
Falbe	dun
wie Falbe ohne Aalstrich	buckskin
Rotfuchs	sorrel
Dunkelfuchs	chestnut
Brauner	bay
Rappe	black

Stern	star
Schnippe	snip
schmale Blesse	stripe
Blesse	blaze
Laterne	bald face
Fell	coat/fur
Maul	muzzle
Nüstern	nostril
Mähne	mane
Schopf	forelock
Schweif	tail
Huf	hoof
Hufeisen	horseshoe
Gangart	pace
Schritt	walk
langsamer Trab	jog
Trab	trot
Galopp	canter
schneller Galopp	gallop
Halfter	halter
Führstrick	lead rope
Longe	lunge line
Ausrüstung	equipment
Sattelzeug	tack
Zaumzeug	bridle
Gebiss	snaffle (bit)
Zügel	reins
Sattel	saddle
Satteldecke	pad, saddle blanket

ein Pferd kastrieren	to geld a horse
ein Pferd anreiten	to start under saddle
ein Pferd einschläfern	to put down a horse
Reithose	breeches
Reithelm	riding helmet
Reithandschuhe	riding gloves
Reitstiefel	riding boots
Reitgerte	riding whip
Sporen	sporn
putzen	to groom
Putzkasten	grooming box
Schwamm	sponge
Gummistriegel	rubber curry-comb
Mähnenkamm	mane-comb
Kardätsche	body-brush
Hufe auskratzen	to pick out the hooves
Hufkratzer	hoof-pick
Bandagen	bandages
Gamaschen	brushing boots
Streichkappen	ankle boots
Hufglocken	bell boots
wiehern	to neigh/to whinny
schnauben	to snort
ausschlagen	to kick out
bocken	to buck
scheuen	to shy
durchgehen	to bolt
beißen	to bite/to snap
steigen	to rear up

Sattelgurt	girth, cinch
Steigbügel	stirrup
Steigbügelriemen	fender, stirrup leather
auftrensen/aufsatteln	to tack
abtrensen/absatteln	to untack
nachgurten	to thighten the girth
Steigbügel anpassen	to adjust the stirrups
auf-/absteigen	to mount/dismount
anhalten	to stop
rückwärtsrichten	to rein back/back up
Reitbahn	riding track
Kehrtwendung	turn
Vorhandwendung	turn on the forehand
Hinterhandwendung	turn on the haunches
Gewichtshilfen	weight aid
Sitzeinwirkung	influence by the seat
Schenkelhilfen	leg aids
treibender Schenkel	driving leg
Zügelhilfen	rein aids
Zügel nachgeben	to yield the reins
Zügel aufnehmen	to shorten the reins
Seitengänge	lateral movements
Hufschlagfiguren	school-figures
rechte Hand	right lead/right hand
linke Hand	left lead/left hand
Handwechsel	change of hands
Ganze Bahn	on the rail
Mittellinie	centerline
einfache Schlangenlinie	shallow loop